紳堂助教授の
帝都
怪異考
狐猫篇
二
エドワード・スミス
Edward Smith
JN287119

紳堂助教授の

帝都怪異考三

狐猫篇

CONTENTS

従妹殿御用心 5

逢瀬は神域で 103

Cath Palug 161

魔女 249

イラスト:碧 風羽 デザイン:鈴木 亨

紳堂助教授の帝都怪異考

三 狐猫篇

エドワード・スミス

Edward Smith

従妹殿御用心

篠崎《しのざき》アキヲの手記。

紳堂《しんどう》先生の助手をしながら書いた手帳の中身をこうして日々の記録としてまとめるのも、今ではすっかり僕の習慣となってしまった。

先生から「時間をおいて客観視してみたまえ」と言われたこともあり、大抵は手帳につけた時の出来事からひと月ほどの時間をおく。とはいえ厳密に決めているわけではない。早ければ翌日だし、遅ければ一年後。

時間をおくことでより深く解釈できる場合もあれば、いくら時間をおいてもその時の気持ちが鮮明に蘇《よみがえ》ってしまい、ちゃんと書けないこともある。それらのほとんどは何か恥ずかしい思いをした時のことだから……ほぼ紳堂先生のせいだと言っていい。

もう少し、先生の意地悪を軽やかに捌《さば》ける器用さが欲しいと思うけれど、そうなったらきっと先生はつまらなそうな顔をするだろう。

それに周りを見回せば、僕はまだ器用な方ではないかと思うのだ。

自分の身近に不器用な人がいるから。

手先が器用でない人という意味は勿論《もちろん》、性格が器用でない人も。性格……生き方、と言ってもいいのかもしれない。

それらの筆頭としては、やはり美作正三郎《みまさかしょうざぶろう》中尉が挙げられるだろうか。

以前、紳堂先生は言っていた。美作中尉がもっと器用に立ち回ることのできる人なら、あとひとつふたつ階級が高くても何ら不思議は無い、と。軍人としての能力も一個人としての人格も抜きんでたものを持っているのだが、肝心なところで色気や欲気《よくけ》を出さないから勿体《もったい》ないのだと。

僕はその矛盾をすぐに指摘した。紳堂先生が褒める美作中尉の「人格」には、中尉の誠実で不器用な人徳を含むはずであり、そこに欲気を出しては美作中尉たりえないのではないか。

先生は、これに笑って頷《うなず》いた。たぶん、わかって言っていたのだと思う。器用に立ち回る美作中尉は、その一点だけでなんだか既に別人であるような気もするし。

不器用で、裏表なく、誠実な美作中尉。

彼の人生の転機を紳堂先生の助手として傍で見ていることができた僕は、幸運なのかもしれない。

その転機がどこから始まっていたのか。おそらくは大正九年、秋に起きた事件からとするのが適切だろうと思う。

僕は知った。不器用にも色々あるということを。美作正三郎という人と、早瀬《はやせ》美冬《みふゆ》という人の、それはそれは不器用な在り様を。

そして……僕は知ってしまったのだ。

●

廊下の床板が軋むその音で、早瀬一郎太《いちろうた》は目を覚ました。

屋敷の奥の間。寝床に横たわったまま目を開け、中庭に面した障子の方へ視線だけを向ける。

キシ、キシという音はゆっくりと廊下を進んできているようだ。

起き上がらず、寝床の中で聞き耳を立てる。今年で五十歳、強がりでも若いとは言えない歳だが目や耳の衰えを感じたことはない。

廊下を軋《きし》ませる足音は次第に近づいてくる。それが隣、妻が眠る部屋の前まで来て、一郎太はそっと寝床から抜け出した。

(盗人《ぬすっと》か……それにしては歩みの遅い)

気取られないようにそっと部屋の隅へ寄り、薄く月明かりの差す障子の向こうの気配に感覚を研ぎ澄ます。妻の寝所に入り込もうものならすぐさま飛び出すつもりだ。

白髪交じりの歳ながら、一郎太は意気軒昂《いきけんこう》な壮年である。

父から継いだ小さな問屋を海外と貿易する立派な商家へと盛り立てた。今も自ら外国へ商いに赴く体軀《たいく》は目立って大きな方ではないが、腕も足もしっかりとしたもの。その気概と同様に太く、強い。

「……」

息を殺した一郎太が待ち構える中、足音は隣を通り過ぎて一郎太の寝間の前へ。ならば好都合、このまま不意を衝いて捕まえてやる。身構えた一郎太だったが。

「……あっ!」

その顔が驚愕《きょうがく》に強張る。

ぼんやりとした月明かりを背に切り抜かれた盗人の影。障子に映ったその姿形は、大きな獣のそれだったのだ。

「な、な……」

漏れる声は意味をなさない。

人間の大人ほどもある四つ足の獣の輪郭は細く、身体と同じくらいに大きな尻尾が揺らめいている。その尻尾も一本ではない。

明らかに尋常な存在ではなかった。

「ぬう……ッ！」

それがなんであるかを推量するより先に、一郎太は自ら障子を開け放つ。だが、そんな気骨ある壮年の目に飛び込んできたものは――。

「……み、美冬ッ！」

驚きに驚きを重ねた声が震えた。

そこに立っていたのは、長襦袢《ながじゅばん》をまとった黒髪の若い娘。見間違えるはずもない、一郎太の娘・美冬だ。

今年で十九になる愛娘は父の声に振り返る。だがその雰囲気は明らかにおかしかった。一郎太を見ていながら瞳の焦点は合わず、どこか遠くを見ているようでもある。

「お前、な、なにを……」

一郎太の背中に汗が伝っていた。障子に映った獣の影、目に見えて様子のおかしな娘、一郎太自身なにを問えばいいのかわからない。

　そして美冬もまた、なにも答えはしない。

「フ、フフフ……」

　低く響かせるような笑い声と共に、美冬の瞳に焦点が戻る。だが次の瞬間、父を見つめる娘の瞳は紅玉の如き赤色に変わった。

　裂け上がらんばかりに釣り上げた口角。ニタリと笑った娘の顔は、人を脅かす獣の相貌だ。

「美冬……お前……」

　見慣れた娘の顔が見せた異形の表情に、一郎太は気骨を折られて及び腰になっている。そんな父を嘲笑うように、美冬が一歩進み出た。

　その腕が伸びる。呆然《ぼうぜん》と立ち尽くした、一郎太の胸板目掛けて。

「うわぁぁぁぁぁぁぁぁぁぁあっっっっっっ！」

　真夜中の屋敷に響き渡る声。それが最初の事件となった。

大正九年十月。神田区《かんだく》淡路町《あわじちょう》にある早瀬家の屋敷に紳堂麗児《れいじ》の姿があった。向かい合うのは当主・早瀬一郎太。顔の皺《しわ》が濃く見えるのは緊張のためだけではない。腹の底に溜《た》まった心労のようなものが見える。

（……相当だな。まあ、ひと月も経っていれば仕方ないか）

紳堂は察していた。一郎太と会った回数はそれほど多くないが、この人物が滅多なことで疲れを覗《のぞ》かせない気骨の持ち主であることは知っている。

「このようなこと、お話しいたしますのもお恥ずかしいかぎりではございますが……」

溜息《ためいき》と共に言葉を吐き出した一郎太に、紳堂は「いえ」と小さく首を振る。

「ご心労、お察し申し上げます。僕のような若輩を頼っていただけたことは恐縮ですが、必ずやお力になりましょう」

普段よりも落ち着いた調子の声で応えた。

仕立てのいい背広を着こなす紳士。若くして帝国大学助教授という肩書きを持つのが紳堂麗児だ。街を行けば女性らが振り向く美青年には同時にどこか気障《きざ》な雰囲気も漂うが、彼はそれを声音と表情で引き締めることができる。

「今お話しいただいたのが、ひと月ほど前ということですか」

「……はい。一時のことと思って様子を見ておりましたが」

一ヶ月ほど前の深夜、一郎太の娘・美冬が奇行を発した。障子に映った獣の影、赤く光る瞳、そして父である一郎太をその細腕ひとつで廊下の端まで突き飛ばしたのである。

その後すぐに気を失い、翌朝になって目を覚ました美冬はその時のことを何も覚えていないという。

「その後、たびたび繰り返すようになりまして。屋敷を歩き回るだけでなく、庭へ出て甲高い声で歌ったり、障子や襖《ふすま》を破ったり……あとは、その……鳴き真似なども」

組んだ手元に視線を落として話す一郎太はどこか苦しげである。年頃の娘の奇行について身内の外へ話すことは、父として苦痛なのだ。

紳堂もそういう心情は心得ているから、声の調子を変えずに淡々と質問した。

「それは、毎日ですか?」

「いえ……最初の夜から五日ほどはなにごともなく。その後は、週に二度か三度です」

「決まった曜日に?」

「飛び飛びになったり、続いたり……。それに最近は、普段通りに眠っている間も熱を出して魘《うな》されているのです」

はあ、と大きく溜息を吐き、一郎太は紳堂に向き直った。

「家内が随分気に病みまして。神田明神《かんだみょうじん》へ何度も参って祈願しておりましたが……とうとう寝込んでしまいました。

病の類いと見れば、医者へも連れて参ります。しかし、最初の晩に私が見ましたものは、とてもこの世のものとは思えません」

切実な表情で言葉を絞り出す。そして、深々と頭を下げた。

「かねてより、正三郎から紳堂先生のお話は伺っております。何卒、娘をお助けくださいませ」

神秘と怪異、すなわち超常に通じる魔道の徒。それが紳堂麗児のもうひとつの顔だ。それも如何わしいペテン師の類いではなく、正真正銘、本物の。

怪異そのものとしか思えない娘の異常を目撃した一郎太が彼を頼ることは、必然であった。

●

時を同じくして、早瀬邸の別室に篠崎アキヲの姿がある。

奥の間で当主と向かい合っていた紳堂と違い、彼の助手であるところのアキヲは応接間で今回の件の当事者と会っていた。

つまり、早瀬美冬とである。

「ええと……では、眠っている間のことは何も覚えが無いんですね？」

トレードマークのキャスケット帽は横に置き、肌寒くなってきた季節に合わせてワイシャツの上にベスト。手帳に鉛筆でメモを取りながらの質問は、どこかおずおずとしている。というのも……。

「その通りです。家の者は皆心配しますけど、私には全く覚えがないから父や母が気遣いするのが申し訳なくて。でも覚えがないものをどう謝ればいいのかもわからないの」

アキヲを真っ直ぐに見つめる瞳。目尻が少し上がったつぶらな瞳から発せられる視線に生き生きとした力強さがあって、気圧されるものを感じてしまう。

艶やかに伸ばした黒髪を束ねて垂らし、清楚《せいそ》な花柄の小袖と藍色の袴《はかま》がよく似合っている。それら凛《りん》とした居住まいの中心が美冬の瞳だ。

目に力のあるその特徴をアキヲは知っている。アキヲの友人にして美冬の従妹にあたる美作春奈《はるな》も、その目で相手を惹《ひ》きつける少女であるから。

「では、眠っている間になにか夢を見ることは？」

「元々、あまり夢は見ません。夏頃からは一度も覚えがないわ」

ハキハキと答えるその口調が美冬の気丈さを表している。明るく花咲くような少女らしさを見せる春奈と違い、爽やかさと聡明《そうめい》さ、そしてどことなく勝ち気な印象である。

外見は十一、二歳の少年に見えてその実十四歳の少女であるアキヲに対し、美冬は外見も内面も十九歳の美少女。その年齢差以上に、彼女は大人びたものを感じさせていた。

「つまり、自覚されるような症状は無いということですね。……先生が言った通りだ」

アキヲの「先生」という言葉に、美冬の細い眉がピクリと反応した。それまで年下のアキヲの質問にも真っ直ぐ答えていた彼女が、どことなく訝《いぶか》しげな表情になる。

「今度は私が訊《き》いてもいいかしら？」

「なんですか？」

「アキヲさんは紳堂先生の助手ということだけど……普段、どんなことをしているの？」

アキヲは思わず「えー、と」と言葉に詰まる。

帝大助教授にして魔道の専門家。この帝都で起きる摩訶不思議《まかふしぎ》な事件を時に鮮やかに、時に冷徹に捌くのが紳堂麗児。

ではその「助手」たるアキヲが彼にとってどのような役割であるかというのは、アキヲ自身も説明に困るところである。なにしろ、アキヲには魔道の素養など少しも無いのだから。

一応、紳堂が自分に何らかの価値を見出してくれているのはアキヲにもわかるのだが……。

「先生に寄せられるご依頼についての記録などをつけています。こうして美冬さんにお話を伺うのも、そのひとつで」

ここはひとまず、「記録係」ということにした。

「……そう」

アキヲの返答に、美冬は疑問を抱いていないようだ。彼女の様子を見るかぎり、どちらかといえば疑念の矛先は紳堂麗児へ向いている。

「紳堂のような男を好かないのはわかるが、ひとまず話だけでも。な、美冬」

横から美冬を宥《なだ》めた彼の言葉に、思わずアキヲは目を丸くした。

（美作中尉が、人の機微を察している……）

よく考えると随分と失礼な驚きなのだが、普段の不器用で鈍感な美作正三郎をよく知る身としてはやむを得ないことかもしれない。

アキヲと美冬のやり取りを横で見ていた美作正三郎。今日は休日ということもあって背広姿だが、相変わらずその背すじは定規を入れているかのように真っ直ぐだ。

常に真面目な堅物。紳堂とは真反対の気質を持ちながらも十年来の親友である美作正三郎の不器用さは自他ともに認めるところである。

そんな美作も、さすがに従妹の心情は敏感に察するのだろうか。そんなふうにアキヲが思っていると。

「し、正三郎様に言われなくとも、そんなことはわかっていますっ！」

急に怒ったような口調で反論する美冬。それまでの大人びた印象から一転、どこか子供っぽくすら見える。

「……もう、子供ではないのですから」

拗《す》ねたようにそっぽを向くその姿は、先ほどまでアキヲの質問に答えていた聡明な令嬢とは思えない。僅かに覗いていた勝ち気な性分が押し出てきているようだった。

一方、美作はそんな彼女の変化に少しも動じることなく。

「そうか？　美冬は男嫌いの気《け》があると叔父上からも聞いたからな。

……まあ、あいつが胡散臭《うさんくさ》いことは認めるが、決して悪人ではない。必ず力になってくれる」

苦笑を口元に浮かべて宥めている。いや、むしろ子供をあやしているようですらあった。

早瀬一郎太は美作の叔父であり、美作と美冬は従兄妹という関係であるから決して間違ってはいないのだろうが、少なくともその口調とどこか困ったような表情は十九歳の従妹に対する態度ではなかった。もっと、年下に対するそれである。

やはり美作はどこか鈍い。だから、ということなのだろうか。

「ですからっ、正三郎様に言われるまでもないことですと申し上げているではありませんか！　大体、正三郎様はいつもいつもあの紳堂先生という方のことばかりを話しすぎます！」

美冬の剣幕は収まる気配がない。顔を真っ赤にして捲《まく》し立《た》てる勢いは美作をして軽く仰《の》け反《ぞ》らせる。

それを見ているアキヲには、その勢いの出処がいまひとつよくわからなかった。

紳堂への不信なのか、それとも自分を子供扱いする美作への抗議なのか。突然怒りだしたと言われても仕方のない有様だ。

（どちらにしても不自然なくらいの……一応、書いておこう）

アキヲは手帳に「急激な感情の変化」と書きつけた。紳堂が一郎太から話を聞いている間に気付いたことをできるだけ記録しておくことが、今のアキヲの仕事である。

そうしている内に、ようやく美冬は自分が随分と声を大きくしていたことに気づいて居住まいを正す。何事もなかったかのように「こほん」と咳払《せきばら》いをひとつ。

「正三郎様の仰《おっしゃ》ることは気にしないでね、アキヲさん。……でも私、やっぱりまだ紳堂先生のことをあまり信用はできないわ」

そう言いながら、視線はアキヲではなく美作の方をチラリ。自分の言葉に美作が苦笑したのを見て、またしても形のいい眉を寄せた。

「……まあ、紳堂先生への信頼についてはお話ししてみてからということで」

アキヲが宥めたのと同時に女中がやってきて、美冬は奥の間へ向かった。これから父の一郎太と紳堂で彼女に話を訊くことになっている。

父親同席であれば、彼女のみならず早瀬家のプライバシーに深く踏み込んだ話になる可能性もある。アキヲがその場に同席せず先にこうして美冬に話を訊いていたのはそれが理由だ。

「……ひとまず、お元気そうでよかったですね」

何気なく呟《つぶや》いた。一郎太に頼まれて今回の相談を紳堂に持ってきた美作が美冬の体調を心配していたからだ。

　だが、そんなアキヲの言葉に背広姿の海軍中尉は首を振る。顎に手をやり、眉を寄せて。

「いや、やはり元気が無いようだな。言葉にいつもの覇気がない。本調子ならあの三倍は返ってくる」

　などと、深刻な面持ちで言うのだった。

「……そうなんですか？」

　今のも、十分な覇気だと思いましたけど。

●

　結論から言えば、「お話ししてみてから」も美冬の紳堂に対する印象に大した変化はなかったようだ。

「先生の智慧《ちえ》をお借りすることは、父も認めたことですので異論はございません。ですが、今後必要な時はまず父をお訪ねください」

　紳堂とアキヲを見送りに出た美冬は、釘《くぎ》を刺すように言った。

「わかっていますよ。直接美冬さんを訪ねるような真似は控えましょう。僕にも礼節というものはありますのでね」

紳堂の返答は軽薄なものだ。切れ長の目で小さく微笑むその表情は、これまで沢山の女性たちを魅了した必殺の武器。だが、美冬にはその効き目が無いようで。

「そうですか」

ピシャリと蓋をするように断ち切ってしまった。

どんな女性でも……たとえ誰かの妻女であっても、紳堂の微笑に表情を変えない女性は極めて珍しい。単なる喜びや恥じらいだけでなく若干の後ろめたさを感じながらの当惑や警戒など、とにかく彼の表情や言葉は他者の、特に女性の心を動かさずにはいない。

それを全く無視できている美冬にアキヲは小さな感動すら覚える。

(すごい……少しも動じてない)

数多くの女性と浮名を流す紳堂麗児をこうもあっさり突き放す女性も珍しいと、脇で彼女の横顔を見上げるアキヲは思った。勿論、彼女が紳堂になびいてほしかったというわけではない。断じて、ない。

「それから、正三郎様を窓口になさるのもご遠慮いただけますか。……お忙しい方なのですから」

どうやら彼女は、生真面目な従兄に似合わない胡散臭さを持った紳堂が気に入らないらしい。美作を引き合いに出すと言葉の節々に一層の不信感が見え隠れしている。それでもその論調は理路整然としており、あくまで丁寧な物腰は崩していないところに、美冬の品の良さと聡明さが表れていた。

……それだけに、美作の前で見せたあの苛烈な態度が際立つのだが。

「確かに、あまり美作を走り回らせるのも気が引ける」

などと言いつつ、紳堂はどこか面白がっているように見える。真面目なもの、お堅いものをからかうのは彼の性分とも言えるが、さらに何かを目論んでいる時に特有の雰囲気をアキヲは感じていた。

案の定、紳堂は「では……」と人差し指を立ててみせながら。

「美冬さんには、美作の家で静養してもらうというのはどうだろう」

思わずアキヲが「どうしてそうなるんです」と横槍《よこやり》を入れたくなるほど突飛な紳堂の提案。

だがこの時、美冬は「えっ？」と嬉《うれ》しげな声を漏らしていた。思わず微笑みすら浮かべて。それはほんの一瞬のことで、アキヲが気付くより先にキュッと眉を寄せ。

「お、おかしなことを言わないでください。そんなことをしたら、正三郎様だけでなく春奈さんにも迷惑をかけます」

正論で抗議する美冬は凜々《りり》しい。どこか狼狽《ろうばい》しているようにも見えたが。

対する紳堂は平然としたもので。

「おかしくはありませんよ。美冬さんの症状が自宅という場所に起因するものである可能性も否定できない。ものは試し、前向きに考えてみてくれると助かるな」

口の上手さなら紳堂が一枚も二枚も上手である。論理的であることは勿論、時に詭《き》弁《べん》を弄してでも相手を言いくるめてしまう狡猾《こうかつ》さが紳堂にはある。

「う……。そういう、ことでしたら……でも……」

胸の前で片手を握り、視線が明後日の方向へ泳ぐ美冬。揺らぎながらもどこか迷っている彼女の返答は、耳を叩《たた》くエンジン音で断ち切られた。

早瀬邸の前へ停車する一台の自動車。紳堂らが視線を向ける中、そこから背広姿の若い男が下りてきた。女中と思しき地味な洋装の女性を車の脇に立たせ、ツカツカと三人の方へ向かってくる。

「やあ、美冬さん」

否。正確には美冬一人に向かってきたのだった。紳堂とアキヲなど目にも入っていないような足取りだ。

　年齢は紳堂より少し若く見える、二十代半ばか。オーダーメイドであろう背広は品良く整えられているが、ネクタイの色が良くない。灰色の背広には似つかわしくない明るさの赤である。

「木島《きじま》さん……」

　美冬の言葉に僅かな困惑が覗く。彼女がそれを表情に出さないためか、木島というその青年は至って上機嫌に微笑んでみせた。

「最近あまり外出なさっていないと聞いて、心配してとうとうお訪ねしてしまいました。しかし、見たところお元気そうでなによりです」

　微笑を浮かべたその顔は二枚目半といったところか。紳堂麗児と並べてしまうと見劣りするのは仕方ないが。

「あ、はあ……」

　にこやかに語りかける木島に対し、美冬の方はやはり困惑気味だ。これだけで二人の関係性がアキヲにもなんとなくわかった。

　迷惑や嫌悪ではなく、困惑。それほど関係性が形作られていないのだ。なのに木島が親しげに、悪く言えば馴《な》れ馴《な》れしくしてくるから美冬は困る。

どこかで知り合って、木島が一方的に言い寄っているということなのだろう。

（……確かに、わからなくはない）

美冬は近所でも評判の美人。一郎太は貿易商としてそれなりに名の知れた人であるから、仕事の人脈を通じてその評判が知られているのも当然だ。

それに、美冬の魅力はその外見だけではない。言葉を交わしたアキヲにもわかるその爽やかな賢さ。そしてこれは美冬には内緒だが、彼女が先年卒業した女学校では今なお早瀬美冬の名が語り継がれている。入学から卒業まで常に学年首席の学業成績を修めた才媛として。

何故それをアキヲが知っているか。アキヲ自身がその女学校の生徒だからだ。

勿論、普段は「助手の少年」を演じているアキヲにそれを明かすことはできないし、アキヲとてまさか春奈の話す「従姉の美冬姉様」と、学校で半ば伝説じみた語られ方をする「冬の君様《ふゆのきみさま》」が同一人物だなどとは思わなかった。ついさっき、何気ない会話からそれを知るまで。

だから彼女に言い寄りたい気持ちはアキヲも理解できる。早瀬美冬は実に魅力的な女性なのだ。

とはいえ、理解できることと賛同できるかどうかというのはまた別問題。

「美冬さんのような女性が家に籠っているのも勿体ない、気晴らしにお芝居でもいかがです？　帝劇の良い席を……」

「あのー、美冬さん」

手振りを添えて気障に美冬を誘う木島の言葉を、斜め下からアキヲが遮った。木島はムッと眉を顰《ひそ》めたが、すぐに戻す。

「確か、お父様のご用事があったのでは？　戻られないと心配なさいます」

こういう時、篠崎アキヲは良い意味で「小賢しさ」を発揮する。すなわち何の他意もない子供のような顔で横から口を挟む、そういう表情を意図して見せることができるのだ。

後ろでそれを見ている紳堂は誰にも見えない角度で小さく笑っている。そして、察しのいい美冬はここぞとばかりに「ああ、そうだったわ」と手を打った。

「ごめんなさい、父に呼ばれていたのを忘れていました。ありがとう、アキヲさん」

アキヲへの礼は上手く口実を設けてくれたことへの感謝だ。紳堂と木島にそれぞれ会釈して小走りに母屋へと帰っていく美冬を見送ると、アキヲは一安心。

（ただでさえ不安になってもおかしくない時なんだから……）

小さな嘘《うそ》も、このくらいなら許されるだろう。内心で小さく息を吐く。

一方で大きく溜息を吐いたのは木島青年だ。美冬と何らか約束を取り付けるつもりだったのが、見事な空振りに終わってしまった。

そして、不首尾の苛立ちはとりあえず表情に出さないままアキヲを振り返る。

「きみ、大人の話に割り込んでくるのは良くないな。僕は美冬さんを元気づけようと思って来たんだから」

腰に手をやり、少し唇を尖《とが》らせて説く。悪態というほど露骨ではない。子供相手に大人げない態度をとるほど幼くはないようだ。

「はあ……」

「はあ、じゃないよ。まだきみにはわからないだろうけれど、僕と美冬さんは……」

十歳やそこらの男の子には理解できない男女の機微というものを説きたいようだが、生憎とアキヲは十四歳の少女。そして、その後ろには――。

「まあ、その辺りにしたまえ。そもそも見送りの最中に割り込んできたのはそちらなんだからね。……木島友之助《ゆうのすけ》くん」

時に大人げないほどアキヲに肩入れする二十七歳・帝大助教授がいる。

後ろからアキヲの肩に手をやり、保護者然とした態度で木島に向かい合う紳堂。対する木島は覚えのない相手に自分の名を知られていることに軽く動揺していた。

「あ、ええ……あなたは？」

「紳堂麗児。帝大で教えている。美冬さんのお父上と御縁があってね」

あくまで簡潔に自己紹介を済ませる。そこには、安易に慣れ合うつもりは無いことを示す明確な線引きがされているようだった。

木島の方は紳堂の名を頭の中で検索し、しかし思い当たらず気まずそうだ。

「……失礼、どこかでお会いしましたか？」

「いや、初対面だ。だが……」

ちらりと向けられた紳堂の視線。木島が乗ってきた運転手付きの自動車は昨今流行のタクシーではなく自家用車である。

この時代の帝都東京は全域に張り巡らされた軌道を走る電車こそ人々の足であり、個人で自動車を所有することは珍しい。費用や手間の問題以前に必要性が薄いのだ。東京が鉄道都市から自動車都市への変貌を遂げるのは、後年の関東大震災によって鉄道網が壊滅的打撃を受けた後である。

「自前で自動車を持つ木島氏となれば、そう多くないからね。あれは孝之助《こうのすけ》氏……お父上の持ち物だろう？」

「う……」

父の名を出された木島はたじろぐ。勝手に乗り回してでもしているのだろうか。そういう後ろめたさが無意識の内に出てしまうあたり、父親を恐れているのかもしれない。

「美冬さんは体調がすぐれない。僕は彼女の父上からそれについて相談を受けたんだ。だから――」

今度はアキヲの前に出る。隔てるものなく木島と真っ直ぐに向かい合った紳堂は。

「彼女を連れ出そうというのであれば見過ごせないな。気は引けるが、彼女の父上に告げ口するような真似もせねばならないだろう」

口元に小さく笑みを浮かべてみせた。

意地悪をしようというのではない。あくまで木島の面子を潰さない程度で退かせようという算段。「言わなくてもわかるだろう？」ということだ。

そしてこの木島という青年は、そういう言外の意図を汲《く》み取《と》ることができるくらいの視野は持っているらしい。

「む……では、日を改めましょう。

美冬さんが快方に向かわれるのをお祈りいたしますよ」

平然と頷いて、退いた。ここで食い下がったところで美冬のみならず一郎太の心証を悪くするだけだ。駆け引きとも呼べない簡単な理屈だが、それができない大人も案外多いのである。

「……失礼する」

軽く一礼して、足早に車へ向かう木島。アキヲはその背中をぼんやりと見送った。

(……運が悪かったですね)

少し同情する。美冬がそれどころでない状態だとしても、彼女に懸想すること自体は木島の自由だ。

しかしその同情はすぐに薄れた。車の前まで進んだ彼が、ここへ着いてからずっと車の脇に佇《たたず》んでいた女中に向かって。

「早く開けないか……この愚図」

吐き捨てるように言ったのが聞こえたから。そして車のドアを開けた女中の髪の隙間、目の下辺りに青く腫れた痣《あざ》が見えたのだ。

頰にかかるように伸ばした髪がその痣を隠すためのものだとアキヲには思えた。そしてそれが決して古いものではないだろうことも。

「なんだか、強引な人でしたね」

走り去っていく自動車を見送りながらアキヲは呟く。紳堂に同意を求めたというよりい、木島の残した良くない印象に何か言っておきたかったのだ。

「恰好《かっこう》をつけたいのさ。まあ、根は悪人ではなさそうだ」
などと言いながら紳堂は別のことを考えているようだった。自動車を見送る視線は
アキヲと同じだが、彼には木島よりも気になるものがある。
（あの女性……）
自動車の前に立って木島を待っていた女中。アキヲが察した彼女と木島の良からぬ
力関係は勿論、彼女の目が美冬だけを見つめていたことに紳堂は気づいていた。
その瞳が、動いていなかったのだ。ただ美冬だけをジッと見つめて微動だにしない。
よほど強い意思が働いていたか、そうでなければ……。
（……剣呑《けんのん》だな、どうにも）
理由らしい理由も、根拠らしい根拠もないが、気になった。
動かない瞳の、特にその薄暗さが。

●

本当なら紳堂とアキヲが一足先に早瀬邸を辞し、一郎太と話をしていた美作は後か
ら一人で帰るはずだった。

だが木島青年の一件で紳堂らが思わぬ長居をしていたこととと、美作と一郎太との話が思いのほか早く終わったことで、三人は連れ立って路面電車に乗ることとなった。

ゴトゴト揺れる電車は相変わらず満員。三人はその端の方に立ち、アキヲは窓際に身体を寄せるようにして立っていた。それほど窮屈ではない。すぐ目の前に立つ紳堂がさりげなく壁の役割をして、小さな空間を作ってくれているからだ。

「木島？　……いや、知らないな」

木島友之助という男についてアキヲはそれとなく美作に訊《たず》ねてみたが、その名すら聞いたことはないようだ。木島が美冬に懸想しているらしいという話にも「そうか」と平然としたもの。

「気にならないんですか？」

と続けて尋ねるアキヲにも。

「美冬ももう子供じゃない。男を見る目があるかどうかはともかく……まあ、そこは叔父上が見極めるだろう」

他人事《ひとごと》とまでは言わないが、アキヲにしてみれば拍子抜けするほど淡白だった。というのも彼は妹・春奈に関して、それこそ父親並みに心を砕く兄なのである。子供の時分には妹同然だったという従妹についても同じだと思っていたのだが。

　すると美作は珍しく自嘲めいた笑みを浮かべ。

「アキヲくんも見ただろう？　俺はどうにも従妹殿に嫌われているのさ。美冬は聡《さと》いからな。俺のように鈍い男は癇《かん》に障るんだろう」

　美作の言わんとしていることがアキヲにはわかる。彼に対して不思議なほど言葉を強める美冬の態度は、どこか苛立ちに似たものを感じさせた。

（でも、嫌っているようには見えなかったな……どうしてだろう）

　お世辞にも好意的な態度に見えなかったのに。

　すると、そんな二人のやり取りをそれまで黙って見ていた紳堂がそっとアキヲの身体に腕を回す。

「……え？」

　なんですか、と顔を上げかけたところで、電車全体にかかる大きな慣性。思わずよろめいた小さな身体は、計ったように青年の腕へ抱きとめられる。

「す、すみません」

　ゆるやかなS字路を通過する電車、その片隅の小さな小さな空間。細い腰を支える紳堂の腕。満員電車に詰め込まれた乗客全体が大きく傾いている中で、アキヲはしばらくそのままになっていた。どことなく、紳堂の顔が得意気だ。

その得意気な顔で、ここまでアキヲと美作のやり取りを黙って聞いていた紳堂が口を開く。アキヲの腰を抱いたまま。

「あの木島某《なにがし》も、しばらくは早瀬邸へ近づくまい。それから美作、お前の家での静養の件、構わないな？」

「わかっている。事が事だから楽観はできんが……春奈は喜ぶだろう」

丁度その時、淡路町から神田川沿いを進んできた電車は小石川《こいしかわ》の砲兵工廠《こうしよう》前に差し掛かる。立ち並ぶ煙突を望む停車場で紳堂はアキヲを支えるようにして電車を降りた。

ようやく紳堂の腕が離れて、小さく息を吐くアキヲ。

（なんだろう……これは）

気恥ずかしさとも違う何かで足下が浮いているように感じた。同時に力強い腕の感触に名残惜しいものまで感じていて、ますますよくわからない。

目を瞬かせているアキヲを余所に紳堂は振り返る。そこには、揺れる電車の中でも全くと言っていいほど揺らぐことのない親友。

なんとも支《ささ》え甲斐《がい》の無い男。だが、どうしようもなく不器用だ。

「……美作」

ドアが閉じる直前、紳堂の声に美作の視線が向く。そして。

「心配だな」

「……ああ、まったくだ」

短く交わした言葉に何を意図したのかは、当人同士にしかわからない。美作の「まったくだ」とは間違いなく美冬のことだったが、紳堂の「心配」とは果たして彼女だけに対するものだったかどうか。

発車する電車。遠ざかっていくそれを見つめる紳堂の横顔は僅かに微笑んでいた。

「楽しそうですね、先生」

思わず口にしたアキヲに紳堂は「そうかい？」と振り返り。

「美作と従妹殿を見ていると、微笑ましくなってね」

不器用で鈍感な美作と、彼に対してとことんツンケンした美冬。アキヲには、何がどう「微笑ましい」のか全くわからなかったが。

●

いつもなら神楽坂下《かぐらざかした》の停車場まで行くはずの紳堂たちが途中下車したのにはいくつか理由があった。

ひとつは、指ヶ谷《さしがや》に住む紳堂の同僚に会うため。

九月に新入生を迎えて学年が始まったばかりの帝国大学だが、来年度から学制を改め、四月から新たな学年が始まることに決まっている。

紳堂麗児も助教授として籍を置いている手前、学年の節目は忙しい。つい一ヶ月ほど前に過ぎたと思ったその節目が半年後にはやってくるというので、何かと細かい通達や手続きが必要なのだ。

今回もその一環。「先日、大学で頼み忘れていて」という同僚の書類にひとつ名前を書くためだけに紳堂は指ヶ谷へ赴いた。

「今年の入学生は損だな。半年と少ししたらもう二年だ」

と言う同僚に、紳堂は。

「なあに、学生にしてみれば、試験をすり抜ける手順さえ押さえておけば半年も一年も変わらないさ」

と笑いながら署名する。

試験を「乗り切る」ではなく「すり抜ける」とは妙な言い方だとこの時アキヲは思った。それがカンニングの手腕を意味していることを知ったのは後のことだ。

最高学府でも要領の良い学生は上手くやる。得てしてそういう中から逸材というものが生まれるのだと紳堂は言ったが、本気か冗談かはわからない。

それからさらに電車で北上。巣鴨《すがも》の停車場へ着いたら人力車に乗り換え、向かった先は北豊島郡《きたとしまぐん》（現在の豊島区《としまく》と、北区《きたく》から練馬区《ねりまく》にかけての一帯）の端、王子町《おうじまち》である。

王子には鎌倉以前からの由緒を持つ王子権現《おうじごんげん》があり、参拝客でいつも賑《にぎ》わう。そしてもうひとつ、ここには「王子」の名を冠した神社がある。王子稲荷《おうじいなり》だ。

王子稲荷の参道、階段が続く先の高台を見上げる紳堂は両手を腰にあてて言った。

「さて、アキヲくん」

「美冬さんの身に起きている怪異について、きみの見解を聞こうか」

これにはさしものアキヲも少々呆《あき》れる。いや、だいぶ呆れてしまっている。

普段なかなか出ない声音で「えー」と平べったく唸《うな》って。

「ここで、ですか？」

性質《たち》の悪い冗談だと思った。

アキヲが考えていることを見抜いて先回りするというのは紳堂がよくやる、言わば趣味のようなものである。今回の場合も、おそらくお見通しなのだろう。

しかし、わざわざここで。王子稲荷へ連れてきてそれを訊くというのは如何なものか。

「ええと……。突然の奇行、発熱、そしてこれは僕の印象ですが、美冬さんには急激な感情の変化も認められました」

一応、アキヲは手帳をめくりながらこれまでまとめた内容を並べていく。

「さらに、最初に症状が出た夜に目撃されたという獣の影。

それらから考えると……その……」

少し気まずく、目の前に聳《そび》える鳥居を見上げた。続けてその視線を紳堂へ。

「ん、続けて」

紳堂は満面の笑みで見つめ返す。アキヲにしてみれば意地悪なことこの上ない。

（素直に教えてくれればいいのに！）

答え同然のヒントを目の前に置いての質問だ。こうなったらもう、せめて堂々と答えてみせるしかない。

「その……狐《きつね》憑《つ》きだと、思います！」

ひとつ呼吸するとなんだかちょっと腹が立ってきて、語尾は少し強く。すると紳堂は「結構」と頷いて。

「さすがは僕の助手だ。しかしあまり大きな声で言うことじゃないな。

なにしろ、ここは東国三十三国の狐《きつね》を束ねる関東稲荷総司《かんとういなりそうじ》だからね。……機嫌を損ねると、怖いよ？」

言いながら、スタスタと鳥居をくぐる。名作落語に登場するほど有名な化け狐の名所、王子稲荷の鳥居を。

「……」

どの口が言っているのか全くわからない。アキヲの口は、しばらく開いたまま塞がらなかったけれど。

●

紳堂とアキヲの王子稲荷参拝はいたって普通に、何事もなく終了する。

境内からの去り際、アキヲは見知った顔を見かけた。しかしそれはこの時のアキヲにとってさほど重要には思えなかったし、実際に彼女についての出来事がアキヲの前へ巡ってくるのは、この少し後のことだ。

王子稲荷には江戸時代から多くの参拝客が訪れている。ことに遠方からの客が多いとあって、大正の今でもその周辺には茶屋・料理屋・旅館などが多い。

参拝の後。アキヲは一人、参道の茶屋でお茶とくず餅を堪能していた。正確には茶屋ではなく蒟蒻《こんにゃく》の店だそうで、くず餅は王子稲荷の参拝客相手の商売として有名になったものらしいが、確かに美味しい。

三角に切ったくず餅に黒蜜ときな粉を絡めて食べる。口に入れた瞬間に広がるきな粉の風味と、僅かに遅れて舌にジワリと染み込む黒蜜の甘さが実によく合う。もちもちした食感を楽しんでから最後に熱いお茶をひと口流し込むと思わず「ほう」と溜息が出る。そして皿に残るくず餅へすぐさま手が伸びてしまうのだった。

「そろそろ、機嫌は直ったかな？」

紳堂麗児が戻ったのは、皿のくず餅が綺麗《きれい》に片付いた頃である。

「……ご用事はお済みですか？」

ツンと言い放ったつもりが、思いのほかくすぐったい声音になっていた。くず餅、恐るべし。

アキヲを茶屋に残し、一人で何かの「用事」を済ませてきた紳堂。美冬絡みのことと見て間違いない。

「うん、ひとまずね。……ああ、僕にもひとつ貰《もら》おう」

アキヲの隣に腰掛けて、紳堂もくず餅を注文する。

「さっき、アキヲくんは言ったね。美冬さんの症状から推測して、彼女が狐憑きに遭っているのではないかと」

「……はい」

アキヲは少しだけ声を潜《ひそ》めた。ここが王子稲荷から目と鼻の先だからということだけが理由ではない。名前を出しての狐憑きの話題など、他人に聞かれないように憚《はばか》ってするものだ。

「狐憑きにはまず大きく分けて二つの場合がある。

ひとつは、俗に『狐憑き』と呼ばれているだけの精神疾患。

心身に対する過度の痛手や恒常的な重圧から逃れるため、一種の防衛機構として異常な行動を発する。

奇矯な言動、不眠、過食あるいは拒食、感情の躁鬱《そううつ》、不安定な発熱……。

明確に理屈づけすることができないから怪奇現象のように扱われているが、これはれっきとした医者の領分だ」

この時代、「狐憑き」という言葉自体は決して非現実的なものではない。精神疾患に対する研究や理解が未熟であったため、多くの患者が「狐憑き」として扱われていたのは事実である。

「だが、美冬さんにはそういう精神的な疾患を抱える理由が無い。本人や家族も気づかないような無意識化の原因という線は無いではないが……アキヲくんもそんなふうには思わなかっただろう？」

アキヲが頷くと同時に、紳堂のくず餅とお茶が運ばれてきた。美形の青年は「この子にお茶のおかわりを」と告げて、くず餅の皿を自分とアキヲの真ん中に置く。

「目は口ほどに……とはよく言うけれど、アキヲくんの目は口より正直だな。半分どうぞ」

「……いただきます」

運ばれてきたくず餅にアキヲの視線は釘づけになっていた。少し恥ずかしかったが、だからといってこれを断るのも意固地なようで気が引ける。

……それに、もう少し欲しいと思っていたのは事実だったし。

アキヲにお茶のおかわりが運ばれてくるのを待って、紳堂は話を再開した。

「大きく分けたもうひとつは、それが本物の『狐憑き』である場合。

その名の通り狐の神格か、あるいは妖物《ようぶつ》に憑《つ》かれることで心身に異常を来《きた》す。当然ながら、医学の範疇《はんちゅう》どころか人間の常識を超えた症状が出る。

尋常ならざる言動や感情の激しさは精神疾患にも通ずるが……大の男を片腕で廊下

の端まで突き飛ばしたり、目が怪しげに光るというのはどうにも、ね」

大部分で確信的だった紳堂の言葉が、最後の「ね」の部分で僅かに濁った。言葉だけならば彼は美冬を「本物の狐憑き」と断定しているが、その表情、特に湯呑《ゆの》みに落とした視線が何らかの懐疑を表している。

アキヲは口に入れていたくず餅をお茶で飲み込み、訊ねた。

「……先生、美冬さんの狐憑きに何か疑問があるんですか？」

「ああ。彼女の症状はまず間違いなく怪異、ひとつひとつを見れば狐憑きのそれと見て間違いない。

……だが、全体で見た時にはおかしな点がある」

可愛い助手が自分の表情から本心を見抜いたこと、紳堂麗児にはそれが少し嬉しいようだ。口元に小さく笑みを浮かべて自分もくず餅をひとつ。

「うん、美味い。……百年先まで残る味だな」

本気で言っているのか、あるいは彼なりの照れ隠しのようなものなのか。すぐに話題は戻った。

「アキヲくんには、美冬さんの症状に違和感は無いかい？」

「元より美冬さんの身に起きている出来事自体が突飛なので、なんとも」

アキヲの返答に「確かに」と頷いて、紳堂は湯呑みを空にした。おかわりを頼む。

「僕が最初におかしいと思ったのは、奇行を発する頻度がまちまちでその内容も日ごとに違うということだ。一見して突飛な憑きものにも、何らかの法則や一貫性があるはずなんだが……美冬さんの場合にはそれが無い」

運ばれてきた新しいお茶。湯気を立てるそれを紳堂は冷ましもせずに啜《すす》る。

「そしてなにより、理由が無い」

「理由？　美冬さんが狐憑きになる理由ですか？」

理由。神秘や怪異といった魔道にも、人間の尺度で解釈し得る理由や原因が存在する。美冬に降りかかっている災禍も、何の原因もない理不尽なものではないはずなのだ。

魔道は人道。紳堂の座右の銘である言葉を、アキヲは連想した。

「ああ。本物の狐憑きにも二通りあるが、江戸……東京で起きる狐憑きの場合、それはまず祟《たた》りだ」

「祟り……」

あまり穏やかではない言葉だ。アキヲの表情も僅かに神妙さを帯びる。

「稲荷神《いなりがみ》やその眷属《けんぞく》に対する不敬や無礼を働くと、彼らはその威光を示すために祟る。

……この場合は人間を懲らしめるという意味合いが強い。

本人か、あるいは家族や縁者。女性の方が憑依《ひょうい》にかかりやすいから、本人が男の場合は妻や母親、娘が狐憑きになる場合が多いね。つまるところ、美冬さん本人でなくとも家族や近しい親類の誰かが稲荷の不興を買った可能性がある」

「早瀬家の誰かが……ということですか？」

アキヲはまず早瀬一郎太の顔を思い浮かべた。どちらかと言えば温厚そうで、信心を馬鹿にするような人にも見えなかったけれど。

すると紳堂は「……だと、思ったんだけどね」と天を仰いだ。

「話を聞く限り、どうも早瀬家の周辺に祟りの原因が見当たらない。

勿論、人間の視点からはそんなふうに思えないような出来事で理不尽に祟られることも無いではないけど……。美冬さんの母親が信心深い人で、どちらかと言えば神仏の加護が得られそうな家族だよ」

小さく苦笑する紳堂。決してその信心を嘲笑っているわけではなく、感心しているのだろう。彼は真面目なものはからかいたくなる性分だが、真摯なものには美しさを見出す。

「だから思い切って訊いてきたんだ、さっき」

「さっき……？」

それはつまり、アキヲを残して王子稲荷の奥へ向かった時のことだろうか。意味を計りかねているアキヲに紳堂は。

「祟られている方に思い当たる節が無いのだから、祟っている方に訊いてみようと思ってね。……ところが、どうも違うようだ」

整った眉を上下に曲げて「当てが外れたな」と首を傾げる紳堂。だがアキヲにしてみれば、彼の言葉を解釈すればするほど「まさか……」という思いにかられる。

「訊いたんですか？　御稲荷さんに」

紳堂の言葉を解くと、そうなる。目を丸くしたアキヲに紳堂は「うん」と頷いて。

「王子稲荷の御神《おんかみ》にはさすがにお目通りできないから、その御遣《みつか》いにね。今日現在、東京で祟られて狐憑きを発している人はいないかと訊いてみたのさ。

そうしたら、深川《ふかがわ》と谷中《やなか》で一人ずつ。大工の女房と華族の娘を祟っていて、どちらも週明けには許してやる予定だと。だが早瀬家については知らないそうだ」

平然と言ってのけているが、アキヲはポカンと口を開けたままである。

どこで、どうやって訊いたのだろう。おそらく社殿や社務所ではあるまい。

相変わらずなんでもないことのように現実と魔道を行き来する紳堂麗児に、小さな助手はただ驚くばかりである。

しかし、驚いてばかりもいられない。

「で……では、美冬さんは狐憑きではないのでしょうか？」

アキヲの問いに紳堂は「うん……」と顎に手をやりながら少し目を伏せた。

「目撃された彼女の奇行から、狐憑きであることは間違いないと思う。ただ……」

そこまで言って紳堂は「……いや」と頭を振った。そして「そろそろ出ようか」とアキヲを促し、立ち上がる。

勘定を済ませて王子稲荷の参道へ出ると、すぐそこにある鳥居を見上げながら。

「ここから先は、まだ確信が得られていないんだ。

美冬さんに憑いているものに関する、ある程度の憶測はある。しかし、もし僕の考えている通りだとすると、これは美冬さんだけでなく帝都における魔道的な法則の異常事態ということだ」

その言葉の意味するところは、さすがにアキヲにもわからない。ただ紳堂の声音に潜む厳しさから、彼をして「ただごとではない」と思わせるものなのだということは察した。

「本当はこの王子稲荷で八割方の始末がつくと思っていたんだけどね……。こうなると、できるだけ早く手を打つ必要があるな」

「手を打つ……でも、狐憑きを落とす方法となると」

小さな顎に手をやって首を傾げるアキヲ。

憑きものとしては極めて有名な狐憑きだが、確立された対処法というものは少ない。事例の多さに対して、その症状や改善法がバラバラなのである。

あるところでは僧侶が祈禱《きとう》を行って憑いている狐と対話し、期限を設けた上で油揚げや赤飯を供することで「お帰りいただく」方法をとる。

別のところでは憑いた狐を落とすために憑かれた本人を火炙《ひあぶ》りにするという。

もっと単純に僧侶が大喝したら逃げ出したという話もあれば、人に害を為さないのでそのまま放置したという例も。

好物は総じて油揚げや豆腐であることが多いが、嫌いなものはまちまちだ。火や水といった単純なものから、お経、お札、犬、山葵《わさび》、鉄砲など。言い伝えによって違う。

「優しい方法からあまり考えたくない方法まで、色々ありますけど」

とにかく、時代や地方によってその解釈も対処法も異なっているため、「これだ」という方法を探すのが難しい。

「なんの。正体についてもある程度の予測は立ててあるんだ。方法も同じさ。ただ、できれば早瀬家からは引き離したい。美冬さんに憑いた狐は完全に早瀬家に慣れてしまっているからね。

環境を変えた上で美冬さん本人も落ち着くことのできる場所となると、やはり美作の家しかないな」

紳堂が美冬に美作邸での静養を勧めたのはそれが理由。そして王子稲荷の当てが外れた今、それは「勧める」程度では足りなくなってきている。

「注意しなければならないことは、一定していないその症状が次第に激しくなってきているということだ。単なる徘徊《はいかい》や奇声から、襖や障子を破き始め……この程度のままであればまだいいけれど、人に直接危害を加えるようになるとまずい」

それは美冬の身体にも負担をかける。普通に眠っている間にも高熱を発するようになったのは、より強く肉体に影響している証拠でもあるのだ。

「さて、あのお嬢さんが素直に美作の家へ行くかどうか……」

そのために一計必要かもしれないと紳堂は考えている。紳堂への不信だけではない。美冬とて、夜中に奇行を発しているのを美作や春奈に見られたくはないだろう。

紳堂の思案する横で、アキヲは。

「大丈夫ですよ。美作中尉……はともかく、春奈さんが頼めば、きっと」

途中で少し「大丈夫」が揺らいだようだ。

美作が頼んでもきっと美冬はあのムッとしたような顔でつっぱねるに違いない。あの感情の激しさが素のものとは考えにくいから、きっと狐憑きの影響なのだろうと思うけれど。

「……僕としては、アキヲくんの美作に対する評価も少し心配なんだけどね」

美冬が美作のことを嫌っている、とまでは言わずとも、相性が悪いのだと半ば信じてしまっているアキヲに紳堂はふと緊張の解れた声を出す。

「……？」

アキヲの方は、よくわからないまま首を傾げた。そして紳堂は「それに」と人差し指を伸ばして。

「やはりアキヲくんは、まだまだ子供だしなあ」

指先でアキヲの口の端を撫《な》でる。

「ふえっ？」

唐突に触れるしなやかな指。キョトンとしてしまうアキヲの前で、紳堂はその指先についた黒蜜をペロリと舐《な》めた。

「え……あぁっ！」

端とはいえ自分の唇に触れた指先を紳堂が舐めたことに思わず啞然《あぜん》としたのも束の間。アキヲはハッと我に返ってハンカチを取り出し、慌てて口元を拭う。

きな粉の混じった黒蜜が、口角の辺りにこびりついていたのだ。くず餅を食べる時の注意点である。

●

その日の夜。

「う、あ……は……っ」

早瀬邸の一室に、熱を帯びた呻き。

それは布団の中に横たわる早瀬美冬が魘される声である。

「っく、ふ……ぁっ」

高熱を発するその肌。額から首筋、そして襦袢の襟元から覗く胸元も火照っていた。歯を食いしばり、眉を寄せたその表情は苦痛すら感じさせる。だが彼女の目が覚める気配はなく、ただ苦眠の中に悶《もだ》えている。

「ぅあ……く、は」

悶えは次第に大きくなっていく。強く布団を摑《つか》み、乱れた呼吸とともにそのしなやかな身体をよじる。

すると彼女の苦悶《くもん》に呼応するかのように、文机《ふづくえ》の上の小さなランプがひとりでに灯った。その炎の色は怪しげな紫色。尋常ならざる怪異の炎だ。

不気味に、しかし鮮やかに燃えるその怪炎が、悶える美冬の影を障子に染め抜く。

「うっ、うう……んくっ」

その影が大きく揺らぐと、背を反らして喘《あえ》ぐ乙女の影姿が本人の動作を離れてムクリと起き上がる。

それは二本の尻尾を持つ、獣の影だ。その尻尾は細長い胴と同じくらいの長さで、手招きするように揺れている。

「あ、ああ……ぁあああっっ！」

遂に苦悶が極まり、美冬がカッと両目を開く。

そのつぶらな瞳が紅玉の如く鮮やかな赤色の光を宿していた。

実のところ、美冬自身も自分に起きているなんらかの異変について何も覚えがないというわけではなかった。

寝覚めが悪い、などと言うと軽く聞こえるが、目を覚ましてまず気怠《けだる》さや小さな頭痛を感じることがこの一ヶ月でたびたび起きている。

美冬とて年頃の女性であるから、体調や気分のすぐれない日はある。しかし最近感じる寝覚めの悪さはそれらとはまるで異質。

まるで眠っている内に肉体が勝手に疲れ、消耗しているような、薄気味悪さを感じさせるものだ。

とはいえ早瀬美冬という女性は気丈であり、やはり勝ち気な性分であったから、そんな薄気味悪さに怯《おび》えて萎縮するというようなことはなかった。父や従兄が信頼する紳堂麗児の言葉を素直に受け入れることができなかったのもそれが一因である。それだけが原因とも、言い難いのだが。

だが、そんな彼女の気丈さにも限度がある。

「……ん」

その日、目覚めて最初に感じたのは生臭さ。

薄らと目を開けると同時に、鼻を突く臭い。さらに一瞬おいて、口の中の生ぬるい異物感が美冬の胃を裏返す。

「うぐっ、う……んぶっ、ううっ」

胸を掻《か》き毟《むし》りながら起き上がり、こみ上げる胃液ごとそれらを吐き出す。枕元を汚したのはグチャグチャにすり潰された魚の肉片だった。

「かはっ、ううっ……、なにが……っ」

口元を拭った、その手を見て驚愕する。美冬の両手、そして両足は泥水で汚れていた。そして綺麗に整えられた爪や襦袢の袖には泥だけではない、赤黒い血の痕まで。

「な、な、な……っ」

動転して言葉も出ない。

自分の身に何が起きているのか、眠っている間に自分は何をしたのか。嘔吐《おうと》と悪寒で目に涙を浮かべながら、美冬は這《は》うようにして部屋の障子を開ける。

「……ッ！」

開けた先に、答えがあった。

障子を開ければ中庭。その、大きな池の周りに魚の死骸が散らばっている。昨日まで池を泳いでいた鯉《こい》。それらが一匹残らず引き裂かれ、食いちぎられた姿で無惨な死に様を晒《さら》していたのだ。

「い、あ……ぁあ……」

身体が震える。瞳が揺らぎ、奥歯がカチカチと鳴った。

わかった。美冬にもハッキリと。

泥だらけの足跡で汚された廊下、口を開いて絶命した鯉の胡乱《うろん》な目。厳然と残された痕跡が突きつける。

「いやぁああああああっっっっっっ！」

彼女の身を冒し苛む、その怪異を。

●

改めて美冬に美作邸での静養を勧める。紳堂麗児の思惑は美冬本人からの要請という形で外れることになった。

「心配だわ……美冬姉様」

美作邸、春奈の部屋。趣味の品々でいっぱいなのは相変わらずだが、いつもそれらを愛でる部屋の主が今日はさすがに不安そうだ。

知り合ってから三ヶ月ほど。仲良しになってからも、やはり三ヶ月ほど。夏に実家へ帰省していた時期を除けば週に一度は必ずこの部屋を訪れているアキヲは、ベッドに腰掛けた彼女に肩を寄せ、そっと手を握る。

「大丈夫です。紳堂先生ならきっとなんとかしてくれます」

具体性も何も無い慰めだが、下手な嘘よりよほどいい。実際、アキヲの言葉に春奈は顔を上げ、「そうね」と小さく笑った。いつもより元気は無いが、長い黒髪を揺らして小首を傾げたその表情には安堵《あんど》が見える。

その時、襖が開いて紳堂が現れた。

「……美作も夕刻には帰るそうだ。なに、今夜はちょっとしたお泊まり会のつもりでいたまえ」

それはアキヲと春奈に対してのものか、それとも彼のすぐ後ろから姿を見せた美冬に対してのものか。

早瀬一郎太から紳堂に連絡が入ったのは午前中のこと。美冬がこれまでになく深刻な奇行を発し、あまりの事態に美冬自身が動揺している、と。

元より早瀬家を再訪するつもりだった紳堂の行動は早かった。海軍省の美作へ事後承諾で知らせておいて、すぐに早瀬邸から美作邸へ美冬を連れ出す。

女学校での授業を終えたアキヲが駆け付けたのはついさっきだったが、紳堂は美冬と二人きりで何事か話していたようだ。

「美作が帰るまでずっと僕と二人きりというのも不健全だろう？　アキヲくんと春奈くんなら、適度な気晴らしになるんじゃないかな？」

「あ……はい、わかりました」

　紳堂の意図がアキヲにはすぐわかった。わずかだが美冬の目元が赤く腫れていたからである。

　美冬が昨夜発した「深刻な奇行」がどういったものなのかアキヲは知らない。おそらくそれについて紳堂と話している内に涙を堪えきれなくなったのだろう。それほど、美冬にとって衝撃的だったのだ。

　アキヲは立ち上がって美冬の手を引いた。指先が触れた瞬間、美冬は僅かに肩を強張らせたが、すぐに「ありがとう」と微笑む。

　昨日より明らかに気力の削がれた表情。それでも気丈に振る舞おうとするその笑顔は少し春奈に似ていた。

　アキヲは美冬を促し、春奈の隣へ座らせる。自分がどこへ座ったものかしばらく考えたが、春奈を挟むようにして美冬の反対側にした。

（……どうかな？）

こういう場合には美冬を真ん中にしそうなものだが、アキヲとしては彼女を思いやったつもりである。アキヲと美冬は昨日が初対面であり、できるだけ彼女を落ち着かせるにはまだ少し距離をおいた方が良いと思ったのだ。具体的には、美作春奈を間に挟むくらいの距離を。

そういう助手の心遣いを紳堂麗児は嬉しく、そして頼もしく感じながら頷いた。

「美作が戻るまで僕は色々と手筈《てはず》を整えておく。外出はしないから、もしなにかあったらいつでも呼びたまえ」

そう言って長身の美青年が襖の向こうに消えると、長い黒髪を束ねた少女は「ふう」と息を吐いた。紳堂に対する不信感からではない。どちらかと言えば、親しい従妹の部屋でひと心地つけた安堵からである。

「美冬姉様、気をしっかり持ってくださいね。……大丈夫、紳堂先生ならきっとなんとかしてくださるわ」

艶やかな黒髪を薄縹《うすはなだ》の着物に垂らした少女は先ほどアキヲに言われたのと同じ言葉で美しい従姉を励まし、やはり同じように手を握る。それで自分が勇気づけられたからだ。

それを見ていたアキヲはなんだか嬉しくなって、反対側の春奈の手を握った。春奈を中心に三人で手を繋《つな》いでいるような恰好になる。

「ありがとう、春奈さん……ごめんなさいね、きっと迷惑をかけてしまうと思うから」

呟くように言った美冬の表情は、少し疲れて見えながらも安らいでいた。

歳が近いこともあって、美冬と春奈は実の姉妹も同然の関係。なるほど、美冬にとって春奈の存在は心の落ち着くものなのだろう。

「迷惑だなんて。家族を助けることが迷惑になるはずがないわ。ねえ？　アキヲさん」

「そうですよ。それに、紳堂先生が直接対処してくださるんですから、これで解決間違いなしです」

紳堂本人が聞いていたら腹を抱えて笑い出しかねないほどの大袈裟《おおげさ》をアキヲは口にした。こういう時、いちいち理屈をこねていても仕方ないのだ。

「……そう、大丈夫……よね」

美冬の表情、特にその目元はなかなか晴れない。目に力のある彼女だけに、視線が足下を泳ぐとその魅力が大きく減じてしまう。

トン、とアキヲの腕がつつかれた。美冬に気づかれないように春奈がそっと肘を出したのだ。目を合わせると小さく目配せ。「もうちょっと頑張ってください」という意味である。

（わ、わかりました……）

確かに、紳堂麗児に対する不信感を払拭するのは助手たるアキヲの役目……である気がする。小さな助手は懸命に頭を回転させ、「えーと」と言葉を探り出した。

「そ、想像していただくのは難しいかもしれませんけど、紳堂先生の……その、摩訶不思議な出来事に対処する能力は帝都一です。普段は悪ふざけしたり意地悪したりする方ですけど、いざとなったら真面目です」

「悪ふざけ……」

余計なひと言だった。美冬の眉が僅かに寄る。

トン、トンと春奈の肘。視線と視線が「どうしてそんなこと言っちゃうの！」「ごめんなさい！」と声無き言葉を交わした。

「えー、あー、そ、そうだ！　ああ見えて、紳堂先生はとても人脈が広くて人望の厚い方です。特に女性からは絶大な人気と信頼があって、事務所にいない時にはもう必ずどこかのご婦人と……あれっ？　これ、ダメですね春奈さん」

「アキヲさんっ！　どうしてそうなっちゃうの！」

アキヲにもさっぱりわからない。紳堂麗児という男の魅力、評価すべきところを挙げようとするとどうしても胡散臭く、いかがわしくなってしまうのだ。

「やっぱり、あまり信用できそうにないわ……大丈夫かしら」

ハア、と溜息まで吐いてしまう美冬に、アキヲと春奈もどうすればいいかわからない。

だがしかし、早瀬美冬という女性はやはりアキヲや春奈よりも「大人」なのである。

「……でも、正三郎様や春奈さんがずっと信頼しているんですものね。私も、あまり我儘《わがまま》は言えないわ」

言って、二人を安心させるように笑った。彼女が紳堂を訝しむのは我儘などではないのだが、紳堂を信じることは春奈や美作を信じることでもあると納得しているのである。

（あれ……？　今、美作中尉も含めた？）

昨日の剣幕をまだはっきりと覚えているアキヲは、心の中で首を傾げた。本人を前にしなければあの苛烈な美冬は現れないのだろうか……？

「……ところで」

春奈たちを気遣ったことで却って余裕が生まれたのか、美冬はそっと覗き込むようにして春奈とアキヲの間に目を落とす。そこには、繋がれた小さな手。

「二人とも……随分と仲がいいのね。いえ、春奈さんから聞いてはいたけれど」

「……えっ？」

これに、アキヲは少し狼狽《うろた》えた。

よく考えれば、美冬にとってアキヲは子供ながら「男の子」なのだ。外見でもっと幼く見えるとはいえ、小柄な春奈と並べば気にもならないような歳の差であり、それはつまり……多少、不謹慎な画に見えなくもない。

「あ、こ、これは……」

慌てて手を離そうとしたアキヲ。だがそれより早く、春奈はギュッとアキヲの手を握って嬉しそうに微笑んだ。

「ええ。家族以外でこんなに仲良くなれた人は初めてよ。最近は、アキヲさんが来る度にこうして二人でお話しするの」

「そ、そう……」

従妹の反応に、美冬は少したじろぐ。

美冬とアキヲ、心を許せる大切な相手が一緒にいることで春奈も心が躍っているのだろう。「あの、春奈さん……」と何か言いかけるアキヲもお構いなしに笑顔で続ける。

「兄様は温室にあまり興味がない……というより、お花や蝶々《ちょうちょう》の美しさをあまりよくわかっていない人でしょう？　でもアキヲさんは、わたしと一緒にお花を手入れしてくれて、蝶々を指にとめて遊んだりしてくれるわ」

「……」

美冬の表情に複雑なものが入り混じる。微笑ましく解釈しようとしてできない、そんな顔だ。

無理もないだろう。現代よりも男女の性差が明確であった時代。春奈が語るアキヲの「素敵なところ」はどうにも男らしくないし、それ以上に女性との、春奈との距離感を間違えたものにも聞こえる。

「えーと、春奈さん……？」

「そうそう、この間のことなんだけど。どちらの膝が膝枕に向いているか、お互いに試してみたの！　そうしたら、わたしの膝を枕にしたアキヲさんの顔がもう可愛くて可愛くて……」

「ひ、膝っ⁉」

これには、美冬がとうとう声を上げた。思わず立ち上がり、「アキヲさん！」と詰め寄る。

「は、離れなさいアキヲさん。男女七歳にして席を同じうせずと言って、いくら子供でも守るべき節度というものがあります！

正三郎様から許されているとは言え、そんな、みだりに……ひ、膝枕だなんて！」

グイッと春奈から引き離され、アキヲも思わず「ごめんなさい」と降参。さらに美冬が口の中で「やっぱり紳堂先生の助手……」などと呟いているものだから、これはもうアキヲが何を言っても言い訳にしかならない。

そして、美冬の肩越しにこちらを見ていた春奈はキョトンとして。

「……？　あっ」

きっかり三秒後、ようやく気付いた。

春奈にとってアキヲは歳もさほど違わない同性の友達だが、美冬からすれば男の子なのである。確かに、膝枕は良くない。

「膝枕……膝枕、なんて……」

なおもブツブツと繰り返している美冬。ひとまず、紳堂の言う「気晴らし」にはなったようだが。

「二人とも、そこにお座りなさい。良い機会ですから、春奈さんにも男女がどうあるべきかきちんと教えてあげるわ」

強い視線と口調でアキヲと春奈にお説教を始める美冬。特にアキヲには「手本にする相手を間違えては駄目」と何度も繰り返した。

どう考えても誤解な上にとばっちりを食らったアキヲは疲れた顔でそれを聞いているだけだったが、春奈は美冬がいつもの調子に戻ってくれたのが嬉しいようだ。

「良かったわ、美冬姉様に元気が出て」

「おかげで僕は悪者ですけどね」

……それと、「悪い手本」の紳堂先生も。

●

美作家の食卓に並ぶ料理は普段から質素である。

父が生きていた頃、美作の少年期には二人の兄も併せて三人もの軍人がいたから家計という意味で言えば世間一般よりは裕福であっただろうが、その頃も今も献立はほぼ同じ。

麦を混ぜた飯を主食に、一汁一菜と香の物。その代わり、飯のお代わりは五杯でも十杯でもよし。質実剛健な食卓の規則であった。

その「一菜」は大体が魚だ。懇意にしている魚屋から旬のものを買う。明治からの約半世紀で肉食が一般化したとはいえ、多くの帝都市民にとっては魚の方が馴染《なじ》み深《ぶか》く、また値段や購入手段といった意味でも利便性が高い。

だから海軍省から帰宅して普段着の着流しに着替えた美作正三郎は、この日の「一菜」が豚肉であったことに珍しさを感じた。それが我が家の台所を預かる婆《ばあ》やの仕業なら、紳堂やアキヲといった客がいるから普段と趣向を変えたのだと思ったかもしれない。

だが彼がそれについて口に出すより早く、紳堂が。

「今夜の献立は、僭越《せんえつ》ながら僕が腕を振るわせてもらった。豚の柔らかいところを薬味に漬けて焼いたものだ。麦飯には合うと思うよ」

などと得意げに言ったから、どうも何らかの意味があってやっているのだろうと察した。紳堂は美作家の婆やが作る食事を気に入っているから、訳もなくその仕事を横取りすることなどまず無いのだ。

「余所の台所で好きにやるものだ……まあ、美味いからいいか」

ひとまずその程度に済ませておいて、美作はチラリと美冬を見る。紳堂が何かの思惑でこの夕餉《ゆうげ》を仕込んだというのならそれは美冬に関係していることのはずだが、アキヲや春奈と並んで箸を動かす彼女に特段変わった様子は無い。

（む、そうか……）

少し考えてから、鈍い美作にも合点がいった。昨夜美冬が見舞われた「惨事」について彼はおおまかなところを聞かされたのみだが、確かにしばらく美冬は魚を口にする気になれまい。

（俺も大概、鈍い）

紳堂ほどに、とは思わないが、もう少し細やかであれたらと思うことはある。そんな美作の小さな嘆息を横目で見た彼の親友は。

「美作、二切れほどそのまま食べたら、今度はこれを試してみないか」

と、いきなりおろし金を取り出した。続けて、生の山葵も。

「お前……ここでおろすつもりか。台所でやれ、匂う」

顔を顰《しか》める美作に、紳堂は「それがいいんじゃないか」と笑いながら山葵をおろし始める。新鮮なものを調達してきたらしく、それほど広くない美作家の居間はたちまちツンとした濃厚な香りに満たされた。

「先生、僕は子供なのでその匂いは目が痛くなります」

「先生、わたしも子供なので目がしばしばします」

アキヲと春奈は揃《そろ》って抗議。「仲がいいねえ」と微笑む紳堂の目はしかし、二人の隣を見ていた。

「……っ」

箸を持つ美冬の手が小刻みに震えている。本人も理由がわからないようで、少し戸惑いながら箸を置いて手の甲を擦った。

(やはり……か。だが、だとすると……)

紳堂の瞳に鋭い光が走ったのは一瞬のこと。すぐに「仕方ない、台所でやろう」と席を立ってしまった。

「困った奴だ……。何をするにしても、面白くしないと気が済まないんだからな」

言いながらも、美作は紳堂のそういうところが嫌いではない。苦笑には呆れと同じくらいの感心や憧憬が混じる。

……それが、癇に障ったようだ。

「正三郎様は紳堂先生の肩を持ちすぎです」

ようやく手の震えが止まった美冬が唇を尖らせていた。寄せた眉、ジッとこちらを見つめるその目は正三郎をさらに苦笑させる。

「長い付き合いだからな、仕方ないものと思ってくれ」

美作自身もそう思っている。すると、美冬がポツリと。

「私の方が、ずっと長いのに……」

零《こぼ》すように言ったのは、口の中に籠って誰にも聞き取れなかった。

「……とにかくっ、そういうところが正三郎様は甘いと申し上げているんですっ」

語気を強めた美冬。相変わらず、美作に対しては急激に沸騰するようだ。

（やっぱり不自然だ。情緒に強い影響を受けているのか……）

傍で美冬の表情を観察しながらアキヲは思った。落ち着ける場所を、と紳堂が選んだ美作邸。だがこの症状は場所を選ばないのだろうか。

（どうして美作中尉ばかり目の敵にされるのかは全然わからないけど）

本当に、アキヲには全くわからなかった。

●

十月の夜はさすがに肌寒い。

しかし、ほどよく酒気の回った身体には少し冷えるくらいがちょうどいいのだろう。

中庭に面した障子を開け放ち、美作は彼の私室で紳堂と呑んでいた。

時刻は夜の十時を回った。できるだけ普段通りに、という紳堂に従ってアキヲたちは既に就寝している。一応、アキヲは「いざという時」のためにいつでも起き出せる恰好のまま。

紳堂と美作は美冬がいつ奇行を、狐憑きの症状を発してもいいようにと待機しているのだった。

お互い酒に呑まれる性質ではない。もうしばらくして交代で仮眠に入るまで、ぐい飲みでゆっくりと酒を減らしながらとりとめのないことを話している。

今夜に限らず、月に一度はこうして呑む。いつも新しい話題があるわけではないから大抵は毎度似たような話になるのだが、この日は違った。

「……行水を、見たことがある」

話が途切れてからしばしの間をおき、美作がポツリと言った。紳堂が無言で続きを促すと、ぐい飲みに視線を落としながら。

「確か、三年……いや、四年前だ。夏だった。

叔父上の家を訪ねて、玄関から呼んでも返事がないから裏庭の方へ回ったんだ。

……偶然、美冬がその裏庭で行水しているところだった」

「運のいい奴だ。四年前となると彼女は十四、五か……もう子供とも呼べなかっただろう」

それは今のアキヲと同じ歳なのだが、アキヲと美冬とでは成長や発育というものの度合いが違っていただろうことは想像に難くない。

薄く笑う紳堂。その厭《いや》らしさを美作は「馬鹿」と短く蹴り飛ばして。

「……背中だけ、それも垣根の隙間から少しばかり見えてしまっただけだ」

「それで、真面目な美作中尉殿は今でも顔を合わせる度にその光景が蘇って気まずいのか？　仕方ないな、昔は妹同然だったわけだし」

紳堂の問いともからかいともつかない言葉に、美作は「そういうわけでは、ない」と中庭へ目を移しながら答えた。

会う度に思い出すということはなさそうだが……。

（言葉を濁すあたり、夢に出てくるということはありそうだな）

そのくらいには脳裏に焼き付いている光景なのだろう。美作の方は特に紳堂の分析など期待していたわけではないから、勝手に続けている。

「その頃からだ、今のように叱られることが増えたのは。えらく……時間が経ったのだと思った。子供の頃とは違う。……俺のことを兄のように思えないのも、仕方ない」

その言葉の中から、紳堂は二つのことを読み取った。

ひとつは、美冬が自分にばかり苛烈な態度を見せることを美作の方も少なからず気にしているということ。

(良いことだ。何とも思わないよりずっといい)

そしてもうひとつ。それは紳堂にとっては少し意外で、同時に安心を覚える。

美作が美冬に対し、「妹」ではなく「女性」というものを確かに感じているのだ。

(上手く言い表せない、というか自覚できていないのが美作らしい)

それを「時間が経った」などと。素直に「女らしくなっていて見惚《みと》れた」と言えばいいものを……。勿論、そんなことを口にすればぐい飲みを投げつけられかねないので自重するが。

「それでも兄のように気遣いをしたいのだから、中尉殿は優しいな。そうそう、昨日美冬さんに言い寄って来た木島某、どうやら他にもあちこちで若い娘に声をかけて回っているらしいぞ」

そして、どこもあまり首尾よく運んでいないらしい。必ずしも頭の悪い男には見えなかったが、相手の心情を計りきれないあの軽薄さではどうにもなるまい、と紳堂は踏んでいた。……慣れないことをしているようにも思えたが。

美作はそれを「そうか」と気にも留めない。なるほど、美冬に対しての関心はあくまで彼女自身のことにしか向かないらしい。ある意味、信頼しているのだ。

だからこそ。

「紳堂……今の内に、話せ」

「と言うと？」

とぼけてみせたが、紳堂にも美作の言葉の意味はわかっている。

「美冬に憑いているというものの正体、それにどう対処するのか、お前の考え、憶測、目論見、全てだ」

グッと身を乗り出して、美作は紳堂を真っ直ぐ見つめた。視線に、有無を言わせない気迫がある。

「俺にはお前のように摩訶不思議のことはわからん。それ以外でも、お前ほど物を知らん。だが、それで俺が理解できるかどうかは関係ない。

美冬の身に関わることだ、隠し立ては許さん。俺にとっては美冬も――」

そこから先の言葉を、紳堂麗児は優しい笑みで受け止めた。

その言葉、美冬本人が聞いたらどんな顔をするか。……勿体ないことだ。

「……美作、今後美冬さんが誰かに言い寄られて、もし困っているようだと思ったなら、今の言葉で追い払ってやれ。そうだな、兄としての気遣いだ」

怪訝な顔をする美作。一応は頷いた。紳堂は「それでいい」と上機嫌に頷き返してから。

「美冬さんに関わることだが、元より隠すつもりはないよ。……あくまで僕の憶測を含めるという前提だが、聞いてもらおうか。

まず……美冬さんは山葵が苦手なのかな？」

「いや、前に食べるところを見た記憶がある」

「だろうな。それについて――」

紳堂の側からも身を乗り出し、二人は顔を突き合わせるようにしてその後もしばらく話し込む。

障子が開け放たれたその部屋の様子を少し離れた廊下から見つめている者がいた。

他でもない、美冬である。

「……」

この距離では二人が何を話しているのかはわからない。ただ、薄い月明かりに照らされた中庭の向こう側で、美作と紳堂とが自分の知らない話をしている。

自分の知らない話、知らない表情。美冬の知らない、美作正三郎。それを、あの話し相手は知っているのだろう。そう思い、美冬は胸元にあてた手を強く握る。

「……正三郎様」

呟く表情は切なく、だがすぐに目を伏せて歩き去る。

寂しさと羨望の入り混じった影が廊下に伸びていた。

●

深夜二時。

紳堂と交代で仮眠をとるつもりだった美作だが、予定の時間を過ぎても紳堂を起こさず、ずっと中庭を睨《にら》むようにして起きていた。

いざという時に要《かなめ》となるのが紳堂であることは明白。ならば自分は夜通しの見張り役となっていればいい。そう思った。

だが実際には、とても眠れる気がしていないのである。

中庭を挟み、斜め向こうに美冬の眠る客間がある。今のところは静かなもの。

チビリチビリと減らしていた酒が切れた。空になったぐい飲みの底を見つめ、美作は軽く目を伏せる。

「……」

あの夏の日、偶然とはいえ見てしまった白い背中を覚えている。後にも先にも、美作が女性の裸身など見たのはあれきりだ。

そして、女性に対し「美しい」という感想を持ったのもあの時だけだ。

「……ふう」

立ち上がり、廊下へ出る。深夜の秋風は冷たいが寒さに震えるほどではない。

地上と比べて上空は風が強いのか、雲の流れが速かった。ひと固まりの雲が月にかかって中庭が薄く陰る。

「……なんだ？」

気配を感じた。

随分と曖昧であるが、他に表しようがないのだ。音でも、臭いでも、また何かが動いた感じでもなく。本当に「気配」としか言いようがないものを美作は感じ取る。

それは彼の親友が本領とするような超常の能力などではない。鍛え上げられ、研ぎ澄まされた若き海軍中尉の直感が、目に見えず耳にも聞こえない何かを鋭敏に捉えたのである。

美作は足早に、しかし足音は立てずに廊下を進む。

客間の前まで来ると、中からかすかに呻《うめ》き声《ごえ》。

（美冬、魘されているのか……）

普通に眠っている間にも高熱を出して魘されるというのは聞いている。だからといって見過ごしにはできないと、美作は意を決して障子に手をかけた。

「すまん、入るぞ」

短く告げて部屋に入る。冷めた夜気の中にふわりと漂う女性特有の柔らかな香り。特に今は汗が入り混じって、温かな湿度へ変わっている。

並の男ならば思わずたじろいだかもしれない。が、生憎と美作正三郎は鈍感なのである。

「美冬……」

枕元にしゃがみこんで、汗ばむ額に手を当てた。火照った肌。ゆるんだ襦袢から覗く胸元にも珠の汗が浮いている。

「……水と手ぬぐいだな。いくらかはマシになるだろう」

自分にできるのはそのくらいだ。美作が立ち上がろうとした、その時。

「ッ！」

美冬の目が開く。真っ直ぐ天井を見つめた瞳が、紅玉の如く光った。

「なに……っ！」

突然のことにさしもの美作も身体を半分退く。それとほぼ同時に、それまで魘されていたのが嘘のような軽やかさで美冬は彼の脇をすり抜ける。

「美冬っ！」

慌てて振り向く美作の目の前で、美冬がこちらを見た。

「……ふふ、ふふふ」

今まで見たこともない、妖艶な微笑。戸惑う美作を嘲笑うようにも誘うようにも見えるその笑みを浮かべたまま、美冬はそのまま中庭へと躍り出た。

「いかん……くっ」

あの気配を感じて先に紳堂を起こさなかったことを悔やむ美作だが、今はそれより眼前の従妹である。

「うふふ、あはは……コォーン、コォーン」

裸足のまま中庭に下りた美冬は、背伸びをするようにして狐の鳴き真似を始めた。赤く光る目の焦点はぼんやりとして、身体の軸も定まらないようにフラフラと動いている。

「美冬、美冬！」

美作には狐憑きの対処法などわからない。ただ、今は美冬を大人しくさせねばと着流しの袖を翻して彼女の背中に手を伸ばす。その手が、届くと思われたところで空を切った。

「ぬっ！」

美作の目の前から美冬の姿が消える。フワリと大きく宙返りして美作の頭上を飛び越えたのだ。普通の人間にはできない驚異的な跳躍力である。

振り返ると、そこにはあの妖艶な笑みで小首を傾げてみせる赤い瞳の美冬。

「なんと……」

紳堂から話は聞かされていたが、ようやく美作にも実感できた。従妹の身体に憑いたものが尋常ならざる怪異であることを。

そして同時に理解する。このままでは美冬の身体が危険だと。

狐に限らず、憑きものは対象者の心身に過度の負担をかける。精神的な負担は言うに及ばず、身体への負担は見た目以上に重い。二本足で正常に立っているように見えて、その実それを操る動物の感覚によって人間本来のものとは全く違った身体感覚を強要されているのだ。

たった今、美作が目撃した跳躍も然り。本来なら不可能なはずの挙動まで怪異の力によって強制されている。それは想像を絶する負担となって彼女の肉体を苛んでいくのだ。

老人などの場合に、憑きものが落ちた後ほどなくして死に至るような例はほとんどこれが原因である。若い美冬とはいえ無理が重なればどうなるかはわからない。

「多少、手荒になるのもやむなしか」

美作は両足の幅をとり、重心を下げた。腕のひとつでも取ることができたなら、押さえ込むことができるはずだ。

「……ふふ、ふふ」

しかしそんな美作の思惑を見抜いたか、あるいは彼がなにをしようとお構いなしなのか、美冬はユラリと身体を揺らすようにくねらせたかと思うと、再びヒラリと跳躍した。

「なにっ……！」

今度は先ほどより大きく上へ。美作邸の屋根の上へ跳び上がると、襦袢の裾を翻しながらクルクル回る。

眼下で呆然と見上げる美作を嘲笑い、からかい、見下すように、真っ白な襦袢と黒い髪を揺らして踊る。そして再び空へ向かって吠えた。

「コォ――――ン！」

「……美冬」

美作の胸に、言い知れない怒りが渦巻いた。美冬に対してのものではない。こんな時に何の力も持たない自分に。そして、自分の従妹を苛む怪異の理不尽さに。

彼も紳堂との付き合いは長く、怪異の餌食となる人間を見るのは初めてではない。

だが、こんな激情を今まで感じたことはなかった。

紳堂は言った。美冬が狐憑きに遭うその理由はまだわからないと。少なくとも、彼女自身にその非はないはずだと。……ならば。

(何故だ。どうして美冬がこんな目に遭わねばならない……ッ)

道理を嘲笑うが如き怪異の振る舞いに、美作の拳は強く握られていた。

「ふふふ、あはははは……っ」

子供のように笑い声を上げ、なおもクルクルと回る美冬。その足はいつの間にか屋根の端へと滑っていく。……そして。

「な……おい、美冬ッ！」

美作が叫んだのと美冬が屋根から足を踏み外したのは、ほぼ同時だった。

子供のように目を丸くしたまま、美冬の身体が空中へと舞い落ちる。何の抵抗もなく、真っ逆さまに。

「っ！」

頭で考えるより先に身体が動いていた。怪異に対する無力感も、怒りも、その瞬間は彼方へ消え失せる。美作正三郎の肉体が、その全細胞がただひとつの目的めがけて力を爆発させた。

地面を蹴り抉り、落ちてくる美冬の下へ腕を伸ばして飛び込む。その手が触れた瞬間に全力で引き寄せ、抱き寄せ、抱き締めて背中から地面へ転がった。

「っぐ……」

受け身がとれず、強かに打ち付けた肩が痛む。だが、自分の腕の中の従妹が無傷だとわかると、安堵に思わず息が漏れた。

しかし、肝心の美冬は未だ怪異から解き放たれていない。

「うふ、ふふふ……」

自分を助けた美作の顔を見つめ、ニタリと笑う。それは妖艶で、何かに陶酔するような恍惚の笑み。どこか淫靡《いんび》で誘惑を感じさせる、まさしく女狐の貌《かお》であった。

「正三郎……さまぁ……」

「み……美冬?」

美冬が自分の名を口にしたことに当惑する美作。美冬はそのまま彼の首に腕を回してそっとしなだれかかった。逞《たくま》しい首筋に鼻先を押し当て、媚《こ》びるように再びその名を呼んだ。

「ああ……正三郎さまぁ」

「……」

その時、美作の顔に浮かんだ表情はまさしく憤怒であった。さらに擦り寄る美冬の身体を強引に引き剝がし、華奢《きゃしゃ》な肩を強く摑んで真正面から睨みつける。

「……出て行け。美冬の中から、今すぐだ」

腹の底から吐き出される、溶岩にも匹敵する熱を持った感情。

その正体を美作自身も正しく理解できていない。ただ無性に腹が立って、苛立って、許せない。

かつては妹同然だった従妹、今ではなにかと手厳しい従妹。図らずも美作正三郎の中に「女性」を刻みつけた早瀬美冬。それは、断じてこのような媚態《びたい》を晒す少女ではない。

その怒りが視線にすら熱を与え、妖しく光る赤い瞳を真正面から射抜いた。

「出て行け！」

「……ッ！」

美冬が、小さく息を呑むように身体を引きつらせる。それまでの妖艶な表情から一変し、怯えるようにして身体を竦《すく》めた。

「やはり、剛の者には弱いと見える」

事態の成り行きを見計らっていたかのように現れた紳堂の声は頭上から。美作が見上げた屋根の上からだった。

「そんなところでなにをしている。さっさと降りろ、お前の出番だ」

まだ苛立ちの残る声で親友を引きずりおろす美作。紳堂はヒラリと屋根から飛び降りて、「やれやれ」と頭を掻いた。

「一応、美冬さんを助けるつもりで上ったんだけどね」

美冬が庭に出たあたりで、美作の声を聞きつけて待機していたのだ。彼の男らしい立ち回りのおかげで出番が遅れただけで。

「そのまま離すなよ、美作」

言って、紳堂は懐から一枚の札を取り出す。それは王子稲荷の印が記された神札《しんさつ》。社の霊験《れいげん》と権威を表す札を見た美冬が、否、彼女の中に憑いた何者かがその身を強張らせた。

「山葵の匂いを嫌い、強者に弱い惰弱な性質。……江戸の狐憑きにしては、あまりに矮小《わいしょう》だ」

両手で捧げ持った神札を掲げ、紳堂は美冬に向かって告げる。

「関東稲荷総司の御名《みな》を借りて問う。娘の身に潜み隠れるお前は何者だ！」

「あ、う、あぁっ！」

美冬の口から漏れるのは驚愕と怯えの声。自分を摑む美作の手から逃れようと、声を上げて暴れ始める。

「ああああっ！　あっ、あぁぁぁぁあっっっ！」

「美冬……っ！」

「美作！　何があっても離すな……抱き締めておけッ！」

普段なら「そんなことができるか！」と一蹴する美作も、この時ばかりはただ必死で従妹の身体を抱き締める。決して離すまい、逃がすまいと、強く強く抱き締めた。

「ア、アア……うァ、ウウウ……あああぁぅああっ」

奇声を上げながらジタバタともがく美冬。明らかに紳堂が掲げる神札を恐れている。

「その娘に憑かれる由《よし》は無し！　答えよ、お前は何の由があって娘に憑く者か！」

力強い口調で美冬に憑いたものを問い質す紳堂。だが、美冬はひたすらに暴れ続ける。それは怪異によって若い娘のものとは思えない力になり、美作のように鍛えられた腕でなければとても押さえていられなかっただろう。

（答えないだと……）

美作のような素人からすれば、今の美冬がまともな言葉を発しないことは不自然でないように思える。しかし神札を掲げた紳堂は、ただ呻き暴れるだけのその行動を読み切れないでいた。

力ある稲荷の権威を借りれば、どんな憑きものとも対話が成立しないことなどない筈《はず》なのだ。憑かれている人間の口を借りた対話である。仮に対話を拒むにしても、憑きものは「断る」「やめよ」と拒絶の意を示すものだ。

（どういうことだ。対話も成立しないほど拙い妖物が憑いている……？）

それが祟りであれそれ以外であれ、憑きものは原因をはっきりさせないと根本的な解決は難しい。そのためにも、美冬に憑いているものがどこから来て、何の理由で彼女を苛んでいるのかを知る必要があるのだが……。

「ううっ、うゥゥッ！　ウあぁぁアっ……ッ！」

美冬の狂乱は激しさを増すばかり。これ以上は彼女の身体に深刻な負荷を与えかねない。

「やむをえんか……。

娘に憑いた者よ、速やかに退去せよ。さもなくば関東稲荷総司による神罰を請願せん！　直ちに退去すべし、さもなくば神罰により滅すべし！」

出て行かねば打ち殺す。紳堂の脅迫に、とうとう「それ」が折れた。

「あ、あああ、ああああああっっっっ！」

一際強く身体を震わせる美冬。必死で抱き締める美作の腕の中で、彼女の身体から何かが抜け出た。

それは小さな獣。手のひらに乗るほどの狐。灰色の身体はヒョロリと細長く、その長い尻尾は二つに割れている。

「やはりオサキか……」

オサキ狐。格が低く、性根が卑しいことから邪道狐と呼ばれることもある。平たい頭は鼬《いたち》にも似ていて、左右に開いた小さな目は前ではなく上を睨み上げる。大変な悪相だ。

灰色の妖狐《ようこ》は美冬の襦袢からすり抜けるように這い出ると、一目散に逃げ出した。

「逃がすものか！」

素早く追う紳堂。懐からオサキ狐を捕まえるための新たな道具を取り出そうとして……その動きが止まった。

「……ぐっ！」

喩えではない。実際に、紳堂の身体がピタリと停止してしまったのだ。まるで活動写真のフィルムが途中で止められたように。走り出し、懐に手をやった姿勢のまま止まってしまっている。

「先生ッ！」

紳堂の異常に、それまで母屋から隠れて様子を窺《うかが》っていたアキヲが飛び出す。紳堂からは「憑きものが落ちるまで出て来てはいけない」と言われていたが、今はもう「落ちた」と言っていいはずだ。そう自分に許可を出して。

「アキヲくん、影だ！　僕の足下！」

言われた通りに目を彼の足下へ向けると、陰る月明かりで薄く伸びた紳堂の影を地面に縫いとめるように、大きな鳥の羽根が突き立っていた。

「これは……」

駆け寄ったアキヲが急いで羽根を引き抜く。それで身体の自由を取り戻した紳堂だったが、既に遅し。オサキはどこかへ姿を消した後である。

「くっ……逃がしたか」

「先生、今のは？」

何が起こったのか、アキヲにはまだ理解できていなかった。妖狐を美冬の身体から追い出し、捕まえようとした紳堂。それが、やはり妖術としか思えない方法で妨害されたのだ。

「……影を縫われた」

紳堂はオサキが逃げて行った方角を睨んでいた。切れ長の目が闇の向こうを睨む。

影を縫う。まさしく魔道の業《わざ》である。影の形のまま身体の動きを止めるその術では、影に形を決められない口や目は自由だ。だから紳堂は身体の自由を奪われながらも残った目と口を冷静に動かしていた。

そして、ほんの僅かだがその視界に捉えたのだ。紳堂の影を縫い、オサキを逃がした何者かの姿を。

「影を……大丈夫なんですか？」

心配するアキヲに、紳堂は厳しく引き締めていた表情をゆるめて「ああ」と振り返る。

「予想外だったけど、逆に納得がいったこともある。まあ、今は捨て置いていいことだよ。それよりも……」

と、声のトーンを上げて彼が向けた視線の先。そこには、まだしっかりと美冬の身体を抱き締めたままの美作がいた。

「おーい美作、もう離しても大丈夫だぞ」

「う、む……？」

よほど必死だったのだろう。まだ状況を呑み込めていないままの美作は顔を上げて周囲を見回す。

彼の腕の中で気を失っていた美冬がその目を開けた。その瞳は黒い。いつもの早瀬美冬の瞳だ。

普段は力強い生命の輝きに満ちたその瞳も、さすがにどこか気怠く、虚ろ。だが、すぐ目の前にある顔を映すと同時に、小さく震え始めた。

「え……正三郎……様？」

最初は瞳が、続いて唇が、やがて肩が。美冬の身体がプルプルと震えている。勿論それは狐憑きのためではなく……。

「美冬……ああ、よかった。元に戻ったんだな」

美作は一安心といったふうに息を吐いた。……美冬の身体を、その腕に抱いたままで。

「あ、あ、あ……」

美冬の顔が真っ赤に染まる。勿論それは狐憑きのためではなく……。

「どうなることかと思ったが……もう大丈夫なんだな？　紳堂」

「ああ。身体に負担がかかっただろうから、しばらくは静養をお勧めするけどね」

「そうか……まあ、治ったならまずは十分だ」

普段は堅い表情ばかりの美作が安堵でゆるむ。……美冬の身体を、その腕に抱いたままで。

「ええと……美作中尉？」

美冬の紅潮を見てとったアキヲが思わず声をかけた。しかしそれは、どうやら少し遅かったらしい。既に、彼女は限界だ。

「あ、や……ああ……っ、きゃああああああっっっっ！」

胸元まで真っ赤になった美冬は、思わず美作の頬をひっぱたく。

普段の美作ならその程度で揺らぐことなどなかっただろう。しかしこの時、美作正三郎は滅多にないほど弛緩《しかん》していたのである。

……結果。

「おぶっ！」

十年来の付き合いになる紳堂麗児も聞いたことがないほど情けない声を上げ、従妹の渾身《こんしん》の平手を食らった海軍中尉はその場に轟沈《ごうちん》した。

この見事な平手も勿論、狐憑きのためではない。

「……あっ！　しょ、正三郎様っ！　正三郎様っ！」

雲の晴れた月明かりの庭に、慌てる美冬の声が聞こえていた。

●

美作邸での憑きもの落としから十日ほど後。早瀬邸の門でそわそわと待ち人をする早瀬美冬の姿があった。傍らには篠崎アキヲがいる。

「大丈夫ですよ、美冬さん。先生が言ったように、中で待っていましょう」

「そうはいかないでしょう。真っ先に、あの時のことを謝らないと……」

こんなやりとりを既に三十分ほど続けている。アキヲ自身は苦にならないのだが、紳堂は「どうぞごゆっくり」と二人を置いて引っ込んでしまった。今頃は美冬の父と先に呑み始めているのだろう。アキヲとしても春奈と一緒にいたいのだが、美冬を一人きりで表に立たせておくのも忍びない。

今日は美冬の快気祝いということで、美冬の父・一郎太が一席設けた。もうすぐ海軍省での勤めを終えた美作もやってくる。美冬が待っているのはまさしくそれだ。

「はあ……」

「あの、あんまり気にすることないと思いますよ？　咄嗟《とっさ》のことだったんですから」

美冬の溜息をアキヲが慰めるのも、もう何度目だろうか。

オサキが落ちた直後に美冬が美作へ見舞った強烈な平手打ち。あの後、美作は朝まで目を覚まさず、美冬も蓄積していた疲労で一昼夜眠り続けた。次に彼女が日を覚ました時には、美作はいつも通りに海軍省へ出仕していたのである。

結局、それから今日まで平手打ちについて謝れないまま。アキヲも春奈も、紳堂までもが何度言い聞かせても美冬は譲らず、こうして美作を待っているのであった。

（こういうところは、美作中尉に似てるなあ）

特に普段から美作に何かとツンケンしているだけに、その律義さが際立つ。

だが、早瀬邸の前で美作を待つ二人の前に現れたのは本来の待ち人ではなかった。けたたましいエンジンの音と排ガスの臭い。いつぞや見た車で乗り付けてくる、いつぞや見た青年だ。

「やあ、美冬さん」

「あ……木島さん」

木島青年は先日と全く同じ足取りで美冬に向かい、やはり同じ、馴れ馴れしい態度で声をかけてきた。相変わらず車の脇に女中を立たせたまま。

その女中は、ぼんやりと自分の足下を見ている。先日見かけた時とはどこか印象が違うのだが、それは紳堂麗児が見なければわからないことだっただろう。

少なくともアキヲには、気の毒な女中にしか見えない。

「快癒なさったと聞き、お祝いに参りました。いやあ、やはり元気なお姿だと一層輝いて見えますよ」

相変わらず、木島は美冬の困惑などお構いなしに話し続ける。

アキヲは最初、彼がそういう人の機微を察することのできない人物かと思ったのだが、どうも違うようだ。彼は美冬の困惑も理解した上で、それを押し切ろうとしている。あまり上品とは言えない。

「こうして立ち話しかできないのも惜しい。いかがでしょう、明日一日、僕にお祝いをさせていただけませんか？」

「ええと……その……」

木島のやり方は、偶然だが美冬の性格には有効だった。本来的に賢く礼儀正しい美冬にとって、こうまで強引に迫られると却って突き返しづらいのである。

（ここは僕の出番かな……？）

先日のようにどこかで割り込もうか、そんなふうにアキヲが思った時。その役目は全く別の角度から横取りされることとなった。

……否、正確にはこちらが本来あるべき役割の主なのかもしれないが。

「横から失礼する」

言葉通り、美冬と木島の真横に立った白い軍服。長身の偉丈夫《いじょうふ》が、堅く険しい顔で木島を見下ろしていた。

「あ……」

アキヲにとって、それはありがたい助けの手だったろう。そして美冬にとって、それは単なる助けではない。求めてやまなかった相手の登場に、思わずパッと表情を輝かせる。

それを木島が面白く思うはずはなかった。自分より頭半分以上背の高い美作に向かい、それでも真正面から立ち向かう。

「きみは誰だ？　僕は今、美冬さんと話しているんだが」

度胸を示すように美作と向かい合う木島。美作は初めて見るこの青年にどう名乗ったものか思案していたが、先だって紳堂から与えられた助言が頭をよぎった。

――今後美冬さんが誰かに言い寄られて、もし困っているようだと思ったなら――

なるほど、今がその時かもしれない。

「この人は――」

「こ、こちらの方は私の……私の、婚約者ですっ！」

「「えっ？」」

驚きの声は二つ。どちらも男のものだった。ひとつは木島。そしてもうひとつは、言葉を遮られてしまった海軍中尉のものだ。

（美冬さん、美作中尉には難しい注文かもしれません……）

美冬としては、ここで一芝居打つことで木島に諦めさせたかったのだろう。しかし、その芝居の相方に選んだのは真面目で堅物で鈍感な美作正三郎だ。

「な、ほ……本当なのか！」

と木島に問われて。

「いや、違う」

表情ひとつ変えずに答えてしまった。即答である。

これにには、見ていたアキヲも開いた口が塞がらない。

（どうして正直に言っちゃうんですかっ）

美作の気質はよく知っているつもりだし、ここで芝居を求める美冬にも無理はある。

だがこうまで気が利かないと、たとえ理不尽と言われようともなんだか腹が立ってしまいそうだ。

（これじゃあ美冬さんも……あれ？）

てっきり、先日のように烈火のごとく美作を責め立てる彼女を想像していた。それならそれで木島を追い返す口実になるかもしれないと、そんなふうに思っていた。

だがアキヲが見上げた美冬の横顔はそんな想像とまるで違う。どこか拍子抜けして、同時になんだか寂しそうな……そういう顔。

（狐憑きが治ったから？　でも、これじゃまるで……）

本来の美冬らしい気丈さや勝ち気さまで失ってしまったようだ。

アキヲはその横顔が心配になり、思わず美冬に手を伸ばしかける。しかしその少し先に。

「だが――」

美作が続けて口を開いた。いつものように、堅く真面目な顔で。

「この人は俺の家族だ」

はっきりと告げた。誠実に、真っ直ぐに、馬鹿正直に。

「どこの誰だか知らないが、美冬を困らせるというなら俺が許さん。金輪際、近寄らないでもらおうか」

その口調が特別強いものであったとか、険しい表情で威嚇していたとか、そういうことは全くない。

しかし美作の言葉にはしっかりとした意思が重みになって乗っていた。言葉でも表情でもなく、彼の存在自体が発する迫力のようなものが乗っていた。

それを受け止めてなお平然としていられるほど、木島青年の器は頑丈にできていなかったらしい。ろくに言い返す言葉も持たないまま、そのまますごすご退散していく。いつぞやのように、女中に悪態をつきながら。

（これでもう、来ないだろうな……）

強引さと裏腹に、木島はそれほど美冬に執着しないだろうとアキヲは思っていた。紳堂から聞いたが、他にも色々なところで女性に声をかけているような男だ。こんな追い返され方をした相手には、むしろ二度と近寄らないだろう。

それは、ともかくとして。

「いやあ、助かりましたよ美作中尉。ね？　美冬さ……ん」

再び見上げたその横顔に、アキヲは言葉を失った。

美作を見つめる美冬の顔、表情、その目が、熱く輝いていたからだ。

（え？　え？　どういうことなんだ……？）

その表情から導かれる結論を、アキヲはひとつしか知らない。だがそれは、これまでアキヲが感じていたことを丸ごとひっくり返しかねない答え。

否、今まで感じていたひとつひとつを全く違う解釈へと置き換えさせる表情だ。

赤く染まった頬、唇から洩れる吐息は甘く、その瞳はかすかに潤んでいる。

（美冬さん……まさか）

間違えようがなかった。どんな言葉よりも明確に、美冬の瞳がアキヲに教えている。

目は口ほどにものを言う。美冬ほど強い力を持つ瞳であれば、最早アキヲにもそれを疑うことはできない。

だからもう、理屈ではなかった。今までの印象を全て白紙に戻し、純然たる事実としてアキヲは知った。

（美冬さん……美作中尉のこと、好きなんだ）

●

篠崎アキヲの手記。

僕は知ってしまった。

美冬さんの、それはそれは不器用な愛情表現を。

僕は今まで、好いている人の前では誰しもが照れ、はにかみ、笑顔になり、とかく喜びを表すものだと思っていた。だって、好きな人の前なんだから。そこで怒ったり悪態をついたりなんて、ありえないと思っていた。

でも、美冬さんは違った。美作中尉にいつも苛烈な態度を見せる。それがあの人にとっての愛情表現だなんて、僕には全然わからなかったのだ。

後に、この時の僕が受けた衝撃を紳堂先生は笑った。「子供の目にはわからないかもね」と。悔しいけれど、全く反論できなかった。その通りだったから。僕は美冬さんが美作中尉を好いているなんて想像もしていなかった。

その後、木島某という人が美冬さんの前に現れることはなかった。だが僕たちは、それから数ヶ月の後に再び彼と会うことになる。

美作邸で取り逃がしたオサキ狐と、紳堂先生を妨害した魔道の業。それらが糸となって寄り集まり、僕たちと彼女を結びつけることになるのだ。

とはいえ、それらは本当に美冬さんや美作中尉とは関係の無い話。

あれから、美冬さんは紳堂先生の勧めた「静養」の目的でそれまで以上に美作邸を訪れるようになる。そして訪れる度に、美作中尉にあれやこれやとお説教するのであった。

こうして書いている今でも、美冬さんの愛情表現について全てを理解できているわけではない。もっと素直になればいいのにと、常々思っている。

ただそれとは別に、あの時から考えていることもある。

愛情とは、喜びだけで表されるものではないのかもしれない、と。

例えばそれは、美冬さんのように激しい感情や態度になっていたり。そして、もしかするとそれは尊敬とか好奇心とか、そういう感情に姿を変えているのかもしれない。

本人がそれと気づかないだけで、その正体は愛情なのかもしれない。

……つまり、例えば、そう、例えばの話として。

僕自身に、それが無いと言い切ることはできないのではないか。だって、本人も気づかないような感情なのだから。

はっきりと書こう。

僕は、もし●▲た~~ら神堂先生のこ~~とが●き■のではないか。

ダメだ、羞恥に耐えられない。

逢瀬は神域で

篠崎アキヲの手記。


世の中には「どうにもならないこと」がある。

例えば人の生死。僕の祖父は僕が生まれる少し前に亡くなっていて、父は常々「会わせたかった」と言ってくれるけれど、それはどうにもならない。

例えば時間の経過。今この時、過ぎゆく時間はどうやっても戻ることがない。振り返って懐かしむその記憶や思い出もいつかは色褪《いろあ》せ、薄れていく。

それは壁のようなものかもしれない。決して越えることのできない壁。もしくは深く、広く、大きな隔たり。

神秘や怪異、魔道はそれらの向こう側にある。人の生きる世界とすぐ隣り合わせに、時に重なり合っていながら、二つの間にある隔たりは本来とてつもなく大きい。

紳堂先生のような魔道の徒だけがそれを行き来できる。そして僕のように先生のお供をしていると、その傍らで魔道の一端を垣間見たりする。あるいは偶然に迷い込み、時に指先で触れることくらいはあるのかもしれない。

でも、やはりそこは本来隔てられているのだ。それを自覚することがないままに歩み寄ろうとすれば、時に痛みを以て知ることになる。僕が初めて別れの痛みを知った時のように。

きっと、そんな隔たりなど知らないままいる方が幸せなのだろう。

そして僕は思う。

もしも誰かと隔たれてしまうのならば、それはできるだけ穏やかに、できるだけ優しく、と。

あの時、泣き腫らした彼女の目を見てそう思ったのだ。

●

それは、早瀬美冬の狐憑き事件の真っ最中。

鬱蒼《うっそう》と茂る杉の大木。多くの参拝客が行き交う境内は外界よりも気温が低く、そして心なしか空気そのものが澄んでいるように感じる。

王子稲荷神社。参拝を終えた篠崎アキヲはその澄んだ空気を大きく吸い込んだ。

「さて、と」

チラリと社殿を振り返る。先ほど「僕はちょっと用事があるから」とどこかへ行ってしまった紳堂麗児。見えないその背中に少し唇を尖らせて。

「誤魔化されませんからね」

ポケットの小銭を握り締めた。「さっき見た店でくず餅でも食べながら待っていたまえ」と渡されたお小遣いである。

その直前に受けた性質の悪い意地悪をアキヲは忘れていない。くず餅くらいで誤魔化されてなるものか、と少し肩をいからせて境内を後にし、再び鳥居をくぐろうとした時だ。

「……あれ？」

人々の信仰が厚い王子稲荷には毎日沢山の参拝者が集まる。遠方から参拝する人も多く、参道沿いや神社の周辺には彼らのための旅館や料理屋が沢山あるのだ。

だから人々の装いや印象は様々。そんな中、どこかで見たような顔を見つければ自然と目を引かれてしまうだろう。

お嬢様らしく清楚に編んだ髪。仕立てのいいワンピースがよく似合う。参拝者たちの間を少し頼りない足取りですり抜けながら、社殿の裏の方へ向かっているようだった。

「梅子《うめこ》……さん？」

遠目で、しかも横顔だったのでいまひとつ自信がないけれど、アキヲにはそれが以前とある事件とも呼べないような事件で出会った旧華族の御令嬢に見えた。

（参拝……には見えなかったけど）

息を切らせ、何かを探すように周囲に視線を巡らせながら、少女の姿は参拝客の向こうへ消える。その姿はどこか懸命で、横顔には切なげなものを感じた。

何度か振り返りつつ、アキヲは首を傾げる。

（迷子……いや、まさかね）

それが本当に自分の知る少女であったかどうかも定かではない。この時のアキヲにとってはまず早瀬美冬の方が重大事であったから、後で紳堂に話すこともなく忘れてしまうのだった。

……それを思い出したのは、この翌日に美冬の事件が決着してさらに半月余り後のことだ。

「確かに、町子《まちこ》くんの相談事にはいつでも乗ると言ったよ？」

大正九年も十一月に入り、帝都に冬の気配が近づいてくる頃。その来客を前にした紳堂麗児は事務所のデスクに頬杖をついて言った。マホガニーの椅子が乾いた音で軋む。

「男に二言があってはいけないわ。他でもない、紳堂先生ともあろう方が」

応接用のソファーでアキヲの淹《い》れたお茶を半分ほどまで減らした町子は、かつて「それなりに良い仲」であった紳堂の男らしさを攻撃した。

明るい色合いをした着物。防寒用に羽織っていた厚手のショールはアキヲが預かり、彼女の同伴者が着ていた上着と共にコート掛けを飾っている。

髪は結い上げ、化粧はあくまで大人しく。裕福な家の若奥様といった印象の町子だが、今の彼女は実際にそのようなものである。

そして、彼女の同伴者とは。

「すみません……こんなことで紳堂先生を煩わせてしまって」

気安い町子と違い、ワンピース姿の少女は完全に恐縮してしまっている。出された
お茶も手をつけられないまま冷めてしまいそうだ。
貫間《ぬきま》梅子。旧華族・貫間家の令嬢で、今年の初夏に貫間邸で起きたある出来事の際
に紳堂やアキヲと出会った。
良く言えば清楚で物静か。良くない言い方をすると、主張が少なくていつもなんだ
か申し訳なさそうに恐縮している。それがアキヲの梅子に対する印象。
それでいて思い込みの激しいところがあって、自分ひとりで抱え込んで思い詰めて
しまう傾向がある。以前の事件ではそれが長年離れ離れになっていた彼女の両親を引
き合わせることに繋がったから、一概に悪い性分とは言えないが。
「いや、別に梅子くんに非があるわけではないよ」
そんな彼女だから、紳堂も町子に対するほど率直な物言いはできない。困った顔で
ヒラヒラと手を振り、ひとつため息。
「……人探しか。それも一度会ったきりの、名前もわからない殿方を、ね」
渋っていた。紳堂麗児の性格からして気乗りしない話題である。
「とりあえずお話くらいは聞いてみましょうよ、先生」
彼が言外に発する「面倒臭さ」を察したアキヲが先回りする。これが助手の仕事の

ひとつでもあるのだ。

「ひと月ほど前に梅子様が王子の御稲荷さんで出会った方を探していただきたいんです。その……見目麗しい殿方という以外に手がかりは無いんですけど」

町子の紳堂への頼みは、それだけだ。

「本当に……それだけなんですね」

改めて聞いても、人探しの頼みとしてはなかなか無いくらいの適当さ。

乾いた笑みで「ごめんなさいねー」と手を合わせる町子。梅子はますます恐縮してしまい、さすがのアキヲも「これはさすがに……」と苦笑するしかない。

（つまり、そういうことかな……）

俯《うつむ》いて恐縮しながらも、膝の上で結んだ手に力の籠る梅子。その姿でアキヲは大体の事情を察した。

おそらく、何らかのきっかけで出会ったその殿方に梅子が一目惚《ひとめぼ》れしたのだ。かつて貫間邸で女中として働いていた町子にとって梅子は放っておけない相手。駄目で元々と、紳堂を頼ろうとしたのもわかる気がする。

応援してやりたいのである。十も歳が離れていないこの義理の孫娘を。

男装していてもアキヲとて少女だから、その気持ちはわかるのだが。

（とはいえ、さすがにこれは……）

手がかりが少なすぎる上、紳堂の興味を惹くような要素が見当たらない。こうなったら少し強引に「暇つぶしのつもりで」とでも押してみようかと思って紳堂の方を見た。……すると。

「王子の御稲荷さん、と言ったかな？」

それまでマホガニーの椅子を軋ませていた紳堂が、机に身を乗り出すようにして訊き返す。表情が、ほんの十秒前とは全く違っていた。

口元に微かな笑み、切れ長の目には爛々《らんらん》と好奇の光。

（……惹かれてる）

思い切り興味を惹かれた顔だ。アキヲには今の流れのどの辺りに要因があるのかよくわからない。

王子の御稲荷さん、つまり先日も早瀬美冬の一件で訪れた王子稲荷の名前に何か思うところがあったようだが……。

「……はい。境内の、たぶん裏手の方でお会いして。……すみません、本当に他に手がかりがなくて」

申し訳なさそうな表情で顔を上げた梅子に紳堂は「いや」と首を振る。

「ひとまずその話、預かろう。ただ今日はこれから来客があるから、ここまでだ。……アキヲくん」

「はい」

「すまないが、これから来るお客との話は内密にしたい」

「あ……、わかりました」

紳堂の言葉だけで、アキヲはそれが「席を外して欲しい」という意味だとすぐにわかった。梅子はキョトンとして、町子はなにやら感心しているようだ。

そしてデスクから立ち上がった紳堂は梅子と町子に向かい、

「話が話だけに任せてくれとは言い難い。……だが、できる限りのことはするよ」

言って、恐縮していた梅子の表情を和らげた。

町子も「頼りにしてますからね」と調子の良いことを言っていたが、アキヲは今の紳堂の言葉に小さな違和感を覚える。

（話が話だけに……？）

妙な言い方だと思ったのだ。完全に請け負えない理由は「情報が少ないから」とはっきりしているのに、彼の言い方だと既に事情を理解した上で十全に対応できない理由があるかのようだ。

そんな小さな違和感と共に、アキヲはいつものキャスケット帽と、防寒用に紳堂が用意してくれたPコートで外出の装い。梅子らと共に事務所を出た。

紳堂麗児の事務所は神楽坂の通りに面したアパートの二階にあり、大人がすれ違うには少し窮屈な幅の階段で階下へと下りる。

「よかったですね、梅子様。紳堂先生なら必ず見つけてくださいますよ」

一階に店舗を構えるカフェー「虎猫《とらねこ》」に立ち寄り、せっかくだからとアキヲをお茶に誘った町子。通りに面したテーブルに陣取ると、黒地の着物を恰好よく着こなす店主・宮本仲香《みやもとのぶか》がやってくる。

「おや、誰かと思ったら町子さん。随分と綺麗に着飾ったもんじゃないのさ」

「姐《ねえ》さんの方こそ、相変わらず美人でいらっしゃること」

悪戯っぽく言って、互いに「御無沙汰」と笑顔を交わす。町子は今年の初め頃までこのカフェーで女給として働いていたのである。

「その様子だと、旦那様には大事にしてもらってるみたいだね」

「お陰様で。楽しくやってるわ」

カフェーの女給から旧華族邸の女中になり、老齢の当主に見初められて今は隠宅で夫婦同然の暮らし。傍から見ると町子は随分出世したと言えるのかもしれない。

それで気取らない町子も、さして気兼ねをしない伸香も、どちらも気風《きっぷ》のいい「姐さん」の気質があると言えるだろう。

懐かしさから話に花が咲く二人を余所に、アキヲはそっと自分の椅子を梅子の方へ寄せる。

「よかったら、お話を聞かせてもらえませんか？　その、王子の殿方のこと」

町子たちが話し込んでいる間、梅子が寂しい思いをしてもつまらない。そう思ったアキヲの気遣いだったのだが、梅子は思いのほか明るい声で「はい」と顔を上げた。

●

九月も終わりの頃。梅子は両親と共に王子稲荷へ参拝した。

彼女の両親はその仲を梅子の祖父・貫間菊臣《きくおみ》に許されず、梅子が生まれる前から離れ離れ。それが今年の初夏に起きた出来事によりようやく許され、晴れて親子は同じ屋根の下で暮らせるようになったのだ。

そんな事情もあって、三人はよく一緒に出かけた。その日の王子稲荷参拝もそんな「親子の思い出作り」の一環だったのだが、予想以上に多い参拝者の中で梅子は両親とはぐれてしまう。

もう子供とも呼べない年頃であるとはいえ、梅子は言わば箱入り娘。途方に暮れて境内を彷徨《さまよ》っている内にどこことも知れない林の中へ迷い込んでしまった。

「どうしましょう……お父様、お母様……」

周囲からいつしか人の気配も消え、静まり返った木々の間から冷たい風が吹き抜ける。静謐《せいひつ》な雰囲気も孤独な少女にとってはどこか薄気味悪さを感じさせて、梅子は立ち尽くしたまま瞳を震わせた。

「……ああ」

そして、その声が涙声に変わりかけたその時だ。

「……もし、そこの方」

落ち着いた、男性の声。優しくたおやかなその声音に梅子が振り向くと。

「あっ……」

思わず息を呑んだ。目の前に佇む青年が、あまりにも美しかったから。

女性と見紛うほどの艶をもった髪を顔の輪郭に沿って切り揃え、憂いを帯びた瞳が少し躊躇《ためら》うように梅子を見つめている。長い睫毛《まつげ》が色っぽく、男らしさという意味では少々頼りなくあるものの、その柔らかく差し込む月明かりのような美しさは梅子の目を釘づけにした。

梅子は最初、彼が王子稲荷の関係者だと思った。彼の着ている狩衣《かりぎぬ》は神職の人間がよく纏《まと》うものだからだ。

「あの、私……父や母とはぐれて……それで……」

青年の顔を見つめたまま、ポツポツと話す梅子。いつもの彼女なら恐縮して俯いてしまうところだが、この時ばかりは目の前の青年の美しさに見入ってしまっていた。

一方の青年は時折迷うように視線を泳がせている。しかし口を開く時にはちゃんと梅子の方を見て。

「迷われたのですか……それは、いけない」

調子を抑えた声。否、元々そういう喋《しゃべ》り方《かた》なのだろう。言わば梅子と似たような口調であった。

彼はスッと腕を伸ばし、一見して林の奥へ続いているかのような細い道を指した。

「私の指す道をお往きなさい。父者母者《ちちじゃははじゃ》も、きっと心配しておいでだ」

「あ、はい……ありがとうございます」

梅子は深々と一礼して青年の指す道へと足を向ける。すると三歩ほどのところで青年が「もし」と再び声をかけ、振り返った。

「はい？」

だが青年はその憂いを帯びた瞳でジッと梅子を見て何か言いかけ、やめる。

「あ、いや……、気をつけてお帰りなさい」

最後まで静かに言葉を紡いだ青年。梅子も彼のことが気になったが、両親を心配させてはいけないと、もう一度頭を下げてからその場を立ち去った。

ほどなくして境内に出ることができた梅子は、無事両親を見つける。

そして心配していた両親に謝りつつも、心の中はあの青年が占めていた。

名前も聞かないまま別れてしまった、あの美しい君のことが……。

●

「……はー」

瞳を輝かせながら青年との出会いを語る梅子を、アキヲはただ相槌《あいづち》を打ちながら見ていることしかできなかった。

胸の前で手を組んだ梅子の語り口は熱っぽく、特に青年の美貌に関しては崇敬の念すら感じさせた。「柔らかく差し込む月明かりのような」とはそのまま梅子の言葉なのだが、まるで詩を詠うように出てきたその喩えにアキナは目を丸くして。

（恋って……すごいな）

すっかり感心してしまっていた。

「せめてお名前だけでも聞いておくんだったと、あれからずっと悔やんでいます」

そう話を締めくくった梅子。再び俯いて「あの時に……あの時に……」と後悔を口にするあたり、また随分思い詰めているようだ。

町子によれば梅子はあれから寝ても覚めてもその「王子の君」のことが頭から離れず、町子に供を頼んで何度も王子稲荷へ探しに出かけているのだとか。

先日アキヲが王子稲荷で目撃した梅子は、そうして青年を探している最中だったのである。

（道理で、あんなに懸命だったわけだ……）

納得すると同時に、アキヲも梅子を応援しようという気になっていた。これほどに想っているのだから、どうにかして会わせてあげたいと。

（そうなると、先生にだけ任せておくのも……）

二階の事務所を見上げて思った。

話を聞く限り、狩衣姿だったというその青年は王子稲荷か、あるいはその近くにある王子権現の関係者である可能性が高い。

（……できなくはないよね、僕にも）

ただの人探しだ。魔道が絡む怪奇事件でないのならアキヲにも手伝えるだろう。

そんなことを思ったアキヲが見上げる視界に、ユラリと影が差す。

「……もし」

次いで、低く厚みのある男性の声。アキヲと梅子が驚いて振り向くと、肩幅の広い壮年男性が「ああ、失礼」と帽子をとった。

年齢は五十を超えたくらいか。白髪の混じった髪を後ろに撫でつけ、ロングコートの似合う紳士だ。

「紳堂麗児先生の事務所を探しておるのだが……こちらの二階で間違いなかろうか？」

「あ、えーと……」

渋みのある声で尋ねる紳士の存在感を前に、アキヲが咄嗟の返事に迷う僅かな間。

返答は別のところから来た。

「ええ、こちらでございますよ。その脇の階段をお上がりくださいまし」

別のテーブルで町子と話し込んでいた伸香だ。こうして紳堂を訪ねてくる客は大抵このカフェーを目印にしてやってくるから、ご案内も慣れたものである。

紳士は仲香の方へ向き直ると軽く会釈して……。

「これはこれは、痛み入る。……ぬ」

丁寧に礼を述べた後、その動きが僅かに止まった。ほんの一瞬のことで、軽く掲げた手もすぐに戻したのだが、表情の強張りは仲香にもすぐわかったようだ。

「あらごめんなさい。……猫はお嫌いで？」

彼の緊張が、自分が膝に乗せた愛猫を見たからだと察したのだろう。この店の看板猫にして店名の由来でもある虎猫・手毬《てまり》を撫でつつ、仲香は小さく苦笑した。

紳士は少し視線を泳がせながら、小さく咳払い。

「ああ、いや……失敬」

仲香の問いに是とも否とも答えず、そのまま階段を上っていく。

（先生のお客さんって、あの人か）

身なりも整っていて口調も振る舞いも落ち着いていたから、身分の高い人なのかもしれない。

紳堂麗児の人脈や交友関係の広さを考えれば今更誰が来ても驚かないが、ああいう立派な紳士然とした来客は逆に珍しい。そういった相手には紳堂の方から出向いていくことがほとんどだ。

「たまにいらっしゃるのよねえ。猫の苦手なお客様」

こんなに可愛いのに、と仲香が撫でてやると、手毬はゴロゴロと喉を鳴らして目を細めた。

「まあ、可愛らしい」

梅子も虎柄のふわふわした魅力に引き寄せられ、席を移って手毬を撫でる。町子は町子で「相変わらずいい毛並してるわねえ」などと言いつつ、頬が弛《ゆる》んでいた。

（猫の苦手な人か……）

そういう人もいるんだな……とぼんやり考えながら、アキヲも梅子に続いて手を伸ばしてみた。が、それまで撫でられるままに撫でられて気持ちよさそうにしていた手毬がアキヲの手だけはその前足で叩き返す。ぺしっ、と。

「……片思いっていうのも、ありますけどね」

わかってはいたが、こうもはっきり区別されると少々傷つく。

カフェーの看板猫・手毬は、どういうわけだかアキヲにだけは懐いてくれないのであった。

「そのご様子だと、どうやらお会いになったようですね」

アキヲを外へ出しているため、紳堂は手ずから壮年紳士に茶を淹れる。窓の外へ視線を向けていた紳士はフッと息を吐くように苦笑して軽く頭を振った。否定ではない、呆れと自嘲である。

「先生もお人が悪い……」

「若輩者の悪ふざけとでも思っていただければ。それに……あまり悪い気はなさっていないようで」

「それは、確かに」

当人同士にしかわからない会話であった。紳士は紳堂に、そして紳堂も紳士に相応の礼を払っているが、その実二人の間には信頼と親しさが感じられる。どちらも立派な大人でありながら交わす視線に時折少年のような無邪気さが覗いていた。

応接ソファーに座った紳士に向かい合うようにして自分も腰掛け、紳堂は一通の手紙を取り出す。それは真っ白な和紙にしたためられた古風なもので、手紙というよりは書状と呼んだ方が正しい。

「拝見いたしました」

「身内のことにて、お頼みするのも恥じ入るばかり。

しかし、なにぶん外のことは不慣れ。何卒、紳堂先生のお力添えを願えまいか」

両手を膝に、深々と頭を下げる紳士。紳堂は「はい」とだけ短く答える。彼との間に小賢しい謙遜は不要なのである。

「お任せいただきましょう。まずは、詳しいお話を」

「うむ……」

紳士は顔を上げる。やや細いその目の奥から、真剣な眼差し。

「概ね、書状の通り。……人を、探していただきたい」

●

梅子らが事務所を訪れた翌日、紳堂は外出していた。「終日外出」の書き置きを見つけたアキヲにとっては、むしろ好都合だったかもしれない。

なにしろ、アキヲはアキヲで紳堂に断って出かけようと思っていたのだから。梅子と共に、王子稲荷へ。

「では、ご両親はすっかり復縁なさったんですね」

「ええ……。母も今までの生活が嘘のように。二人で毎日惚気《のろけ》るので、叔父たちが呆れています」

青年の話ばかりをしすぎるとまた梅子が思い詰めてしまいかねない。アキヲは梅子の近況などを聞きながら、町子が手配してくれたタクシーで王子稲荷まで赴いた。

今日も参拝者が行き交う境内を二人は社殿の裏手へ向かう。まずは梅子が青年と出会った場所へ行ってみようということになったのだ。

なったのだ……が。

「本当にここですか？」

「ええ……そのはずなんですけど」

二人の前には寒い季節にも負けることなく茂る杉林。青年に示された道を辿《たど》って梅子が出てきたはずの場所なのだが、道らしい道などどこにも見当たらない。

（よほど小さな道なのか……梅子さんの記憶違いか……）

ひとつひとつの可能性を探るアキヲ。しかし、境内から社殿の周りをひと通り歩いてみてもそれらしい道を見つけることはできなかった。

（獣道にしたって、境内に通じていれば見つかりそうなものだけど……）

現代の王子稲荷はすぐ傍に幼稚園があり、周囲を民家や道路に囲まれた神社である。しかしこの時代は現在より敷地も広く、小高い台地の上で樹齢を重ねた沢山の杉が作る林に囲まれた社。

多少大袈裟に言えばそれ自体が小さな山であった。現代にも残る「狐の穴跡《あなあと》」のように沢山の動物が住む、自然溢《あふ》れる神社なのだ。なればこそ、杉林の中に迷い込むような道があったとて不思議ではないように思えるのだが……。

「やはり、社務所にお話を伺うべきなのでしょうか……でも……」

梅子の不安そうな顔はアキヲにも理解できる。名前も知らない、ただ一度会ったきりの青年を一目惚れという理由で由緒ある神社に尋ねる。……お世辞にも褒められたものではないし、一人の少女として「はしたない」という気持ちが先に立つ。

弱気や奥手と笑うなかれ。流行歌手や女優ならいざ知らず、蝶よ花よと育てられた御令嬢がおおっぴらに恋を謳《うた》うのはまだまだ憚られる時代なのだ。

アキヲは息を吐いて杉林を見上げた。

社殿の裏手ともなると境内の賑やかさもどこか遠く、冬の冷たい空気がジワリと足下に忍び寄る。

「やっぱり、紳堂先生でないとダメなのかな……」

梅子には聞こえないくらい小さく呟いた。梅子と比べればいくらか自信もあったのだが、自分の考えは甘かったのか。

「……」

しばらく見上げていた視線を戻し、冷たい空気を吸い込む。そして。

「仕方ありません。今日のところはここまでにして、紳堂先生にお願いを――」

と、梅子を振り返ったところでその言葉が途切れた。

遠くに聞こえていた境内の喧騒《けんそう》がピタリと途絶え、足下に冷たく這っていた空気はしっとりとして清浄なものへと肌触りを変える。

なにより、周囲の光景が全て杉林へと変じているのだ。社殿も社務所も消えてしまい、一本一本の杉の太さもそれまでの比ではない。

「これは……」

「アキヲさん、ここは？」

キョロキョロと周囲を見回す梅子は何が起きたのかよくわかっていないようだ。それはアキヲも同じだが、少なくとも自分たちが「どこか」へ迷い込んだのだということはわかる。

（二人共が気付かない内にこんなところへ迷い込むなんてことは……）

不穏なものを感じざるを得ないが、こうして見回していても仕方ない。

「梅子さん、こっちに」

アキヲは梅子の手を引いて杉林の中に続く細い道を進む。尤《もっと》も、それが進んでいるのか戻っているのかはわからない。

獣道も同然の細く頼りないその道は、幾重にも重なる木立の向こうへ折れて続く。そうした曲がりくねった道であるはずなのに、歩いている限りは真っ直ぐ進んでいる感覚しかなった。

方向、距離、どちらも定かならぬものになっていく中で……。

「同じところを何度も回っているみたい……」

梅子の呟きはまさしく当たっている。一本道をずっと進んでいるのだから同じ場所になど出るはずがないのだが、そう思ってしまっても仕方ないほど静かな杉林が延々と続いているのだ。

（道があるなら、どこかへ出られるはず）

それだけを根拠に、アキヲは梅子を連れてひたすら道を進んだ。

どこかへ。迷い道ではない、どこか定かなる場所へ。

それだけを強く念じるアキヲの思いが通じたのか、ほどなくして遂に木立以外のものを見つける。

「これ……なんだろう」

小さな祠《ほこら》だ。苔《こけ》むした石を積んだ土台に年季の入った木の社《やしろ》。それが、道の傍らに鎮座していた。

祠の脇には真っ赤な椿《つばき》の花。そこから落ちたものだろうか、一輪だけお供え物のように社に置かれている。

それを見た梅子が、弾かれるように「あっ」と顔を上げた。

「このお社、見ました。……前、迷った時に」

「それは……」

つまり王子の君と出会った時、ということだ。

ならば、彼の居場所はこの近くだろうか。祠を覗き込んで観察していたアキヲは身体を起こして振り返り……。

「……え？」

目を見張った。いつの間にか梅子と二人で別の場所に立っていたからだ。

そこは背の高い杉林の中にポッカリと開けた小さな広場。頭上から差し込む陽光には全く偏りが無く、時間や方角も見当がつかない。

「そんな……一体どうして」

杉林は同じ。しかしさっきまで自分たちは細い獣道の途中にいたはず。疲れや感覚の乱れでは説明できない現象にアキヲも戸惑いを隠せない。

(もしかして、この祠が……)

と、手がかりを求めて小さな祠に向き直る。そして思わず手を伸ばそうとした時、背後からふわりと空気の流れを感じた。

「また、来てしまったのか……」

落ち着いた、それでいてどこか憂いを含んだ声。

「あなたは……」

振り向いた梅子の声が無意識の喜びで弾んでいる。もしそれが無くとも、アキヲにも彼が梅子の言う「王子の君」であるとわかっただろう。

(大袈裟でもなかったんだな……)

梅子が夢見るように語って聞かせた彼の美しさ。それが決して誇張の類いとは思えないほど、確かに青年の美貌は素晴らしかった。特に少し伏せたような目。長い睫毛と相まって、何かを秘した美しさを感じさせる。なるほど、これは月明かりに喩えられるのが正しいだろう。

「あ、あの……私……っ」

梅子は思わず彼に駆け寄る。アキヲは制止しようとして、やめた。青年の方もまた梅子へ歩み寄る、その足取りが弾んでいたからだ。

（これは……）

ほんの少し困ったような、それでいて抑えきれない気持ちで笑みの形にほころぶ口元。梅子と向かい合うと、時折迷いながらも優しい視線を向ける。

「あの、あの時のお礼を……一言、申し上げたくて……」

「それで、私を探していたのですか。……なんと、有り難きこと」

もしかすると梅子以上に育ちが良いのかもしれない。青年の言葉は丁寧を通り越して少し古めかしい。その佇まいの優美さといい狩衣姿といい、王子稲荷の跡取りか何かであるとも考えられる。

だが、この時アキヲの脳内に巡っていたのはそんなこととは全く無関係の事柄だった。

「でも、お礼なんて本当は口実で……。私、その……はしたないこととはわかっているのですが……もう一度、お会いしたい一心で」

頬が赤く染まった顔を上げ、しどろもどろになりながらも懸命に言葉を紡ぐ梅子。

「私のことで、心を煩わせてしまったのですか。

……ならば隠さず申し上げましょう。私は、もう一度あなたがここへ迷い込みはしないかと、どこかで願っていたのです。

そのようなことを願うのは不埒《ふらち》とわかっていながら……」

憂いを帯びた瞳、そして声で切ない胸の内を告白する青年。

（これは……まさか、あの人も）

間違いないだろうと思った。先日の早瀬美冬とは真逆。この二人は、相手を想う気持ちが全身から溢れんばかりになっている。

どうやら、一目惚れというのはお互い様だったようだ。

（こういうのも……あるのか。うわー、どうしよう、僕はここにいていいのかな）

はにかみながら言葉を交わしている二人を見ていると、この雰囲気の中にいる自分が邪魔者のように思えてくる。

「不躾《ぶしつけ》な娘と、思っていただいても構いません。……ただ、せめてもう一度だけでもお話ができたらと」

「不躾などと……。あなたが清き心根の持ち主であることは私にもわかります。いえ、きっとあの時にはもうわかっていた。

そして今、そのようなあなたに請われていることを……嬉しく思うのです」

（い、いい雰囲気だなあ……）

邪魔とまで言わずとも、それを傍で見ているのは無粋だろう。

（とはいえ、どこかへ行っていることも……あっ、そうだった）

ようやく思い出した。ここは一体どこかもわからない場所なのだ。梅子によれば前回は青年の導きで境内に戻ることができたらしいが……。

（気は、引けるけど……）

このままにしておくわけにもいかない。アキヲは三度ほど深呼吸し、思い切って二人に声をかけようと片手を挙げる。

「あの……」

「下がりなさい、娘よ」

アキヲの声は厳しく切り裂くような別の声に遮られた。

そして遮られたのはそれだけではない。今まさに手を取り合わんとしていた梅子と青年の間に、青年と同じ狩衣姿の男たちが割って入ったのだ。

その背に青年を庇うように立ち、梅子とアキヲに警戒の視線を向ける彼ら。

「待て、その娘は私の……」

「なりませぬ。耳目《じもく》の毒となりますゆえ」

青年の言葉すら強く遮り、彼をゆっくりと下がらせようとする。

これにアキヲは思わず声を上げた。

「待ってください、突然なにをするんです！」

言葉や雰囲気からして彼らが青年を敬い、守る立場、言うなれば「御付きの者」であることは察せられる。

しかし、こうも厳しく梅子との逢瀬《おうせ》を遮ることがあるだろうか。あっていいのだろうか。アキヲは憤っていた。そんなはずがない、と。

「僕たちはその方に危害を加えようというのではありません。その……ただ、お話がしたくてここまで来たんです」

「来た、とはまたおかしな。迷い込んだだけであろう」

青年の正面に立って壁の如く遮る男が言った。その声音は冷たく、咎《とが》めるような響きがある。

おそらくここは彼らの土地。そこに無断で踏み入ったという時点で警戒されてしかるべきなのだろう。

だが、今のアキヲに彼らの道理は通じない。後から振り返ると自分でも驚くほどアキヲは感情的になっていた。

それは、梅子と青年の清純で温かな交流を邪魔されたことに対する怒り。アキヲ自身が見ていてなんだか幸せな気持ちを抱けるほど、二人のそれは優しかったのだ。

（こんな……こんなやり方は！）

アキヲの気持ちが、走っていた。

「お願いです。せめてもう少しだけ、お二人でお話をさせてください」

「ならぬ」

「待て、父上には私から申し開きをする。だから――」

「なりませぬ」

取りつく島もない。アキヲのみならず、背後から懇願する青年の言葉にもまるで耳を貸さない男たち。まるで梅子と青年とを隔てる壁のようだ。

そして次の一言がアキヲの心に……闘志とも言うべき部分に火をつけた。

「聞き分けよ。この御方とそなたらとでは、住む世界が違うのだ」

「な……っ！」

カチンと来た。

つまりそれは身分が違うということなのだとアキヲは理解した。王子稲荷に関係しているのであろう高貴な青年に対し、アキヲや梅子は口を利くことすら分不相応であると。

それに対するアキヲの反論。それは梅子も旧華族の令嬢であるから分不相応にはならないとか、そういうものではない。

(両想いの二人が、そんなもので隔たれていいもんか!)

恋心が身分で隔てられる理不尽に、怒っていた。

世間的にはそれが珍しくない時代だ。それでもアキヲには納得がいかない。

梅子の中で芽生え、花咲こうとしていた恋心を目の当りにした。その実感が、アキヲから冷静さを奪っていたと言ってもいい。

「早々に立ち去り、そして二度とここへ来てはならぬ」

アキヲの怒りは察しているのだろう。男たちは「これでおしまい」と言わんがばかりにこの場を打ち切ろうとする。

せめて最低限の礼儀は欠くまいと思っていたアキヲも、ここまで徹底されると礼儀など気にしていられない。

梅子にもしものことがないようにと彼女を背に庇っていた。そこからグッと踏み出して、青年の壁となっている男に食ってかかる。

「この……わからずやっ！」

「なんと……っ！」

「アキヲさん！」

絶句する男。青年は唖然とし、梅子は心配のあまり涙目だ。

「なんと、なんと無礼な物言いか！」

一瞬の後、男たちも気色ばむ。子供相手でも容赦せぬ、そんな迫力をその顔に見せた男たちが次に口を開こうとした時。

「ご尤も。しかし些《いささ》か大人げなし」

ここまで梅子と青年を隔て遮ってきた男たちが今度は遮られる。その声でアキヲはハッと我に返った。

他ならぬ、紳堂麗児の声で。

「紳堂先生……」

アキヲの、梅子の、青年の、男たちの、全ての視線を一身に集めながら。

紳堂麗児は広場の隅の祠を背に悠々と登場した。

「貴方様は……」

知らない相手ではないようだ。男たちは紳堂と、そしてアキヲたちとを見比べる。互いに視線を交わして小さく頷き合うと、紳堂に向かってまず一礼した。そして。

「我らはこの神域を清く穏やかに保つが役目。外からの礼無き立ち入りは捨て置けませぬ。それが若君に障りあらばなおのこと」

粛々と、自分たちの職分としての意見を述べる。すなわち、紳堂麗児が彼らにとって礼を欠かせぬ相手であると同時に、アキヲらに対してするように無理矢理にはあしらえぬ相手であるということだ。

そして紳堂も、相手が「大人の対応」を望むならそれに乗るだけの度量がある。

「職分を全うせんとするその意気やよし。なれど此度《こたび》はものを知らぬ童《わらわ》のしたことなれば。大目に見るも衛士《えじ》の度量。……そなたらの顔に泥は塗らぬ。棟梁殿《とうりょうどの》には改めて詫びをしよう」

その言葉に、衛士と呼ばれた男たちは「うむ」と頷く。そのまま青年を促すと、彼らはいつの間にか開けていた道を去って行った。杉林を縫うようにして消えていくその後ろ姿。

「さあ、僕たちも戻ろうか。……大丈夫、これで終わりにはしないから」

紳堂が促したのは彼らが去って行ったのとは反対側に開けた道。これもいつの間にか現れていたものだ。

「……」

アキヲには紳堂に問い質したいことがいくつもあった。この場所はなんなのか、彼らは何者なのか、そして……どうして梅子さんはああも強引に引き離されなければならなかったのか。

しかし、それらの問いを口にすることはできなかった。王子稲荷の境内へ戻って貫間邸まで送り届けられる間、一言も口を利くことなく沈んだ表情をしている梅子がいたからだ。

(梅子さん……)

どう慰めればいいのかアキヲにはわからない。何を言ってもただの気休めか、それよりもっと空虚な言葉にしかならない気がして。

(……僕には、わからない)

その理由は思い当たる。きっとアキヲが梅子のような恋心を持ったことがないからだ。時折紳堂に対して抱く憧れとも尊敬ともとれるような乙女心では、梅子のそれにはとても追いつけないからだ。

(子供なんだな、僕は)

なんだか、いたたまれない気持ちになった。

●

二日ほど雨が降り、三日目は曇り。

あの王子稲荷の一件から四日が経って空にはようやく晴れ間が覗いたというのに、紳堂麗児の事務所にはまだどんよりとした雲が垂れ込めているようだった。

「……」

アキヲが、不機嫌なのだ。

いつものようにソファーで本を読んでいてもむっすりとしたまま。必要なこと以外は口も利かない。

(こういうところは、まあ、女の子だな)

飽きもせずにその横顔を眺めている紳堂は、内心で苦笑している。

これでアキヲがもし男だったら、不貞腐《ふてくさ》れて黙り込むなんていかにも女々しく、みっともない。そしてそこに「女々しい」という言葉が当てはまるように、本来は女性にこそ相応しいということだ。

女性であれば、それは「無言の抗議」という立派な戦術である。そしてアキヲも、幼さを残すとはいえ女性であった。

（しかし、そろそろ潮時か）

アキヲの不機嫌の原因は紳堂にもある。あの王子稲荷での一件の後、アキヲからぶつけられる問いのほとんど全てを紳堂は「今は答えられない」と却下したのだ。

それは「相応しい時になれば教える」という意味だったが、梅子に肩入れしたアキヲにはとことん不誠実な対応に思えたのだろう。

（いつも同じことをやっている筈なのにね……）

紳堂が時機を理由に答えを保留するなどよくあることだし、アキヲも無理に答えを訊こうとはしない。いつもなら。

だが今度は違う。アキヲは純粋に、梅子の恋心を応援する自分の気持ちに従っているのだ。

それはつまり、アキヲ自身が恋愛を強く意識し始めている兆候に他ならなかった。

（喜ぶべきか、それとも……ん？　喜ぶ以外の選択肢がないな）

思わず口元から「ふっ」と笑みが零れる。開花していく乙女心をこの青年はなにより慈しみ、そして愛しているのだから。

「……む」

チラリとアキヲがこちらを見た。さすがに四日目ともなると無言の抗議にも綻びが出てくるらしい。おそらくは無言のまま漏れた紳堂の笑いの意味が気になっているのだ。

「いやなに、今回はいつにもまして頑固だと思ってね」

椅子を軋ませて腕を組む紳堂。あくまで余裕の表情を崩さない彼に対する僅かな苛立ちを乙女心に乗算し、アキヲは無言を捨てた。

「あの方がどのような身分の方か、僕は知りません。でも身分違いだからと言って、住む世界が違うからって、あんな無理矢理に引き離すなんておかしいですよ。それじゃ、梅子さんの両親と同じじゃありませんか」

真っ直ぐに紳堂を見る目が、毅然《きぜん》としていた。アキヲの中で考えの整理もできているのだろう。その上で、譲れない部分は断固として譲らない。紳堂の言う通り、頑固だった。

「……おかしいですよ、そんなの」

呟きは悔しげで、苦しげでもあった。

それを黙って聞いている紳堂にはアキヲの気持ちがよくわかる。

言葉を交わすことができた。手で触れ合うことすらできる距離だった。梅子と青年を引き離したのは時間でも距離でも互いの気持ちでもなく、第三者である男たちの意向だ。

この時代の人々にとって、身分の違いは現代よりもずっと大きい。アキヲにもそれはわかっているから、本当に二人を完全に隔ててしまうほど大きな差がそこにあるのなら、もしかすると梅子の恋は実らないかもしれないと頭ではわかっている。

しかしあの場で、あのひと時の逢瀬すら無慈悲に断たれてしまわねばならないのだろうか。そこだけは、どうしても納得できない。

「世の中には、どうにもならないことがある」

「っ……」

紳堂の言葉にアキヲは顔を上げる。そこには隠しきれない不満が表れていて、紳堂はその顔を直視することができなかった。あまりに誠実で、眩《まぶ》しい。だから視線を手元に落とし、苦笑もどこか自嘲めいて。

「愛情だけではどうにもできないことも、あるよ。

……人間同士ですら、たかが身分で隔てられてしまうんだから」

「……先生？」

話の流れからすれば、それは紳堂自身も身分による隔たりを是とせず、しかし現実にはどうすることもできない自嘲に見えただろう。

しかしアキヲはその鋭敏な感性で、紳堂の言葉にそれ以上の意味を感じ取った。おそらく彼はもっと大きな意味合いのことを言っている。一年半にも渡って彼の助手を務めるアキヲにはそれがわかった。

その意味を詳しく問おうとした時、紳堂がアキヲの方を見ながら何かに気づく。

「アキヲくん」

言って彼が指したのはアキヲではなく、アキヲの後ろ。事務所の出入り口。振り返ったアキヲは、そこに何か白いものが挟まっているのを見つけた。

「これは……」

手に取ると、それは丁寧に畳まれた書状だ。扉越しにも誰かが訪ねて来た気配はなかった。一体いつの間に……と疑問に思いつつ、アキヲはそれを紳堂に手渡す。

「ありがとう。……さて、と」

書状を開き、紳堂は素早く目を通した。そして「うん」と小さく頷いて椅子を立つ。

「出かけようか。どうやら、先方も整理がついたらしい」

お気に入りの中折れ帽と冬用の外套《がいとう》を手にしながら、遅れて自分の上着を手に取る助手に向けて小さく微笑んだ。

「これ以上、アキヲくんを怒らせておくのもつまらないしね」

●

前述の通り、王子稲荷の近辺には参拝客向けの料理屋や宿が多く建ち並ぶ。すぐ近くに王子権現があることも要因としては大きいのだろう。由緒ある二つの社を巡る参拝客も多い。

しかし、王子の見所はそれらの神社のみに限られない。

王子を流れる音無川《おとなしがわ》（現在の石神井《しやくじい》用水）は元々紅葉の名所として知られた渓谷。さらにすぐ近くの飛鳥山《あすかやま》公園は八代将軍吉宗《よしむね》の時代に造営された桜の名所。それに加えて風光明媚《ふうこうめいび》な「名主の滝」など。古くは江戸、そしてこの頃は帝都市民にとって王子近辺は有名な行楽地なのだ。

その音無川を望む川岸に料亭「扇屋《おうぎや》」は建っている。

荘厳な望楼を備える立派な料亭であり、古くから王子のみならず江戸の名店として知られた老舗。

紳堂がアキヲを連れてきたのは、その扇屋の二階であった。窓の外には鮮やかな紅葉と音無川の清流が見え、確かにこの風景を共にする料亭ともなれば繁盛するのも納得の眺め。

二人が通された座敷は四、五人ほどで丁度良い広さ。紳堂はその上座を空け、アキヲは自分の隣に。机を挟んで片側を空にした座り方は、待ち人があることを示している。

「天気が良くなって助かったよ。雨の中で御足労願うのはさすがに気が引ける」

と、紳堂も相手には気を遣うらしい。一体どんな相手が来るのかとアキヲは少し緊張していたのだが、「お連れ様がお見えです」という女給の声に続いて入って来たその人物らを見て緊張は驚愕に変わった。

「あなたは……それに、そちらの……ええっ？」

驚愕はさらに一瞬を経て困惑に変化する。

最初に入って来たのは、数日前に紳堂の事務所を訪ねてきたあの壮年紳士だった。今日は立派な羽織袴姿で、先日見た洋装より威厳が三割は増している。

そして、彼に続いて梅子が恋い慕うあの青年がやってきたのだ。こちらは若者らしく背広姿。紳堂と比べると撫で肩なので印象は大人しい。しかし、狩衣よりよほど良く似合っている。

「お待ちしておりました、棟梁殿、若殿《わかどの》。このようなところに御足労いただき、ありがとうございます」

手をついて深々と礼をする紳堂。アキヲも慌ててそれに倣ったが、状況は全く呑み込めていない。どうしてあの紳士と青年が一緒にいるのだろうか。

一方、「棟梁殿」と呼ばれた羽織袴の紳士は「このようなところ、か」と彫りの深い顔で苦笑する。

「確かにここなら我が眷属は寄りつかぬ。妹など、未だに店の名を聞くだけで不機嫌になりおる。……散々な目に遭ったのが、今も夢に出るとか」

「ご安心を。今日の勘定はこちら持ちです。よろしければ、お土産に卵焼きなど」

紳堂の言葉に棟梁殿は「ハハハ」と破顔一笑。そして彼が空けていた上座を避け、紳士と青年は紳堂たちに向かい合うように着席した。

「此度はこれでよろしかろう。上も下もないお願い事ゆえ」

「痛み入ります。……若殿、先日はご無礼」

「いえ……」

紳堂から「若殿」と呼ばれた美貌の青年は少し気まずそうに答え、チラリとアキヲを見た。そして。

「なるほど、先生のご息女であられたか」

と、その穏やかな眼差しで「得心した」と頷いた。

アキヲの方は彼が何を納得したのかということよりも、そしていとも簡単にアキヲの性別を見抜いたことよりも、自分と紳堂を並べてまず「親子」と判断したその感覚に「違います」とほとんど反射的に答えてしまっていた。

すると棟梁殿が若殿に。

「これ、失礼なことを申すでない。……妹御ぞ」

と叱った。勿論、勘違いである。

「それも違います……」

「なんと、では御妻女であったか。……さすがは紳堂先生」

なにがどう「さすが」なのかさっぱりわからない。アキヲは堪らず紳堂を見て助けを求めたが、この意地悪な青年は「なに、棟梁殿には敵いません」などと訂正しないまま笑っていた。

もしかして三人が結託してからかっているのか。しかし紳堂と一緒に笑っている棟梁殿はともかく、若殿の方は「そうか……」と何やら頷いていて、アキヲを担いでいるようにも見えない。

……そして、結局アキヲが二人にそれを訂正する前に本題が始まってしまった。

「まずは改めて、先日若殿に対しこの子らが働いた無礼をお許しいただきたい」

紳堂は再度頭を下げ、アキヲも倣う。紳堂の言う「無礼」をまるごと全て無礼だと認めるのは悔しかったが、そんなアキヲの心情もきちんと理解した上でこうして頭を下げる紳堂の意図を察した。

形式ということだ。立場のある者同士、まず形だけでも正しておく必要がある。それは相手側もわきまえているようで。

「衛士より話は聞いた。もとより、童が迷い込むはよくあること。それがたまたま倅《せがれ》と見《まみ》えてしまったのであろう。なあ」

「は……」

棟梁殿の言葉に、若殿も短く答えて頭を下げる。全ては偶然、偶発のこと。そうして、あの衛士たちとの悶着《もんちゃく》を水に流したのである。

ここでアキヲは新たな情報を知った。棟梁殿が若殿を「倅」と言った。つまり二人は親子ということだ。

そして今度は棟梁殿が紳堂に対し一礼する。

「よもや先方が倅を訪ねてこようなどとは思わず、紳堂先生にいらぬ手間をとらせてしまった。元より、内密にせず皆に申し渡しておくべきであった……」

「それでは甘い父親と侮られましょう。僕もまた、恋心というものを甘く見ていたのです」

二人の交わす言葉を、アキヲは慎重に解釈する。

棟梁殿は若殿の父。そして彼が紳堂に詫びたのは、梅子がアキヲと共に若殿を訪ねてあの杉林に迷い込んでしまった時のことに違いない。

先ほどは形式的に紳堂が詫びたが、棟梁殿はそもそも自分の方に落ち度があったと言っている。それは、つまり……。

「棟梁殿は、若殿と梅子さんの仲を認めてくださるのですか？」

思わず弾んだ声で口を挟んでしまった。三人の大人たちはキョトンとした目でアキヲを見て、三者三様の反応を見せる。

撫で肩の背広青年は少し寂しげに目を伏せ、羽織袴の壮年紳士はあくまで優しくアキヲを見た。そして、アキヲの隣に座る若き助教授は。

「順を追って、説明しよう」

穏やかに言った。

「先日……梅子さんたちが事務所に来た日だ。棟梁殿が僕を訪ねたのは。アキヲくんも見かけたのだろう？」

「……はい」

「棟梁殿は僕にある頼み事をしに参られた。

それは……御子息である若殿がひと月ほど前に出会われた女性を探してもらいたいというものだ」

「それって……」

言うまでもない、梅子のことだ。

紳堂は続ける。若殿は偶然出会ったその女性のことが頭から離れず、傍から見ても心配になるほどの恋煩いをしていた。

彼に仕える者たちは皆「外の者のことなどすぐに忘れる。それに、会えたところで到底叶わぬ」と決めつけていたが、父である棟梁殿は若い息子が恋に胸を痛める様が不憫《ふびん》でならなかった。

本来ならば、他の者たちと同じように「忘れよ」とでも言ってやれば良い。

そこまで語った紳堂の言葉を、今度は棟梁殿が引き取る。

「……だが、言えなんだ。

御妻女に話すは憚られるが、我もかつては後先を考えず多くの浮名を流したものであったし。恥ずかしながら、この倅と母を異にする子も多くある。

道ならぬ恋というものは道理だけで諦めがつかぬことも、よく知っている」

そして彼の息子は父親ほど奔放な若者ではない。親として知るかぎり、梅子への一目惚れが初めての恋なのである。

「このまま断《た》ってしまうは、隔ててしまうはあまりにも不憫。しかし表立って庇うも倅のためにならぬ。そこで、紳堂先生にお願いしたのだ。

先方の娘御を探していただき、もう一度だけ倅に会わせてやって欲しい。

……そして、できるだけ穏便に諦めさせてやって欲しいと」

「そんな……」

アキヲが視線を向けた若殿は、ただ俯いて聞いていた。異論を発することなく、父の言葉を呑み込んでいた。

彼は父の言うことを理解している。だがそれが心からの承服かどうかはわからない。いや、それが初恋であるなら完全に受け入れることなどできていないはずだ。

恋心の代弁者たらんというのではない。しかし、アキヲは一縷《いちる》の望みに賭けた。

「お願いします！」

その場に平伏する。手をつき、頭を下げ、全身で請願する。

「棟梁殿や若殿がどれほど高い身分の方か、僕は存じ上げません。このような口を利くこと自体が非礼にあたることも承知しています。

ですが、梅子さんも決して低い身の上の方ではありません。礼儀や作法もきちんと身に着けた御令嬢です。そして……何の下心もなく、一途に若殿を慕っておいでです」

「……」

漏れた吐息は若殿のものだ。アキヲの真摯な願いに、伏せた目の奥が潤んでいた。

「お願いします。せめて、お二人に時間をください。

もう一度だけなんて……それもお別れするためなんて、あまりに……っ」

言いながら、アキヲは自分が知らず知らずの内に涙声になっていることに気づいた。

言い募る内に梅子の純真な恋心を改めて痛感し、それを支える術を何ら持たない自分の非力が情けなかったのだ。

目を閉じ、ただ黙ってそれを聞く棟梁殿。そして紳堂麗児はアキヲを見つめ、感動していた。

(それこそ、僕が最も尊いと思う心根だ……)

篠崎アキヲが、否、篠崎秋緒《あきお》が生来持っている清らかさ。紳堂麗児が自分の助手として手元に置き、その成長を見守りたいと願う至上の美徳である。

アキヲの請願は正しい。だがそれでも届かないもの、動かすことのできないものがある。

そう、世の中には「どうにもならないこと」があるのだ。

「顔を上げたまえ、アキヲくん」

促して、紳堂は小さな助手のつぶらな瞳に浮かんだ涙の珠をそっとハンカチで拭った。「我ながら、秘密主義も考え物だな」と反省して。

「アキヲくん、若殿と梅子くんを隔てるものは、きみが考えているような身分の違いではないんだ」

言って棟梁殿に目配せする。棟梁殿は「ふむ」とひとつ頷いた。

「先日、アキヲくんと梅子くんが迷い込んだ場所を覚えているかい？」

言われて、アキヲはあの杉林を思い出す。入った道も戻った道も定かならぬ、あの静謐な空間。衛士たちが「神域」と呼んだあの場所を。

「あそこはね、王子稲荷とその御遣いの住まう場所。まさしく神域の端さ」

「王子稲荷と……その、御遣い？」

「左様」

重々しく答えた棟梁殿。姿勢を正し、紳堂とアキヲを真正面に見据える。

「その目にて見ゆるが早かろう……」

そう言い終わるか否かというところで、羽織袴の紳士がその姿を変える。一瞬その身体が眩《まばゆ》い銀色の炎に包まれたかと思うと、そこには。

「あ……っ！」

アキヲは息を呑む。

そこに壮年紳士の姿は無かった。それに代わり、成人男性ほどもあろうかという大きな白狐《びゃっこ》が鎮座していたのである。

丁寧に揃えた前足、伸ばした背すじ、長く大きな尻尾、その白い毛並は蛍のそれに似た淡い光を湛《たた》え、目や口元には朱色の化粧が施されている。

一目見てそれが尋常の存在でないことがわかる。その正体を、雄々しき白狐はゆっくりと語った。

「我は王子の御神に仕えし四つ足の棟梁。東国の狐を束ねる関東稲荷総司の遣い。……倅よ、そなたも」

「はい……」

父に促されて息子である若殿も同じように姿を変じる。若さゆえか父よりは小柄だが、その毛並や凜々しい目元は立派に親から受け継いだ風格だ。

（そんな……）

アキヲは呆然と二人（と、この場合は数える）を見つめるばかり。

（狐……神の御遣いの狐……？　じゃあ、先生が言っていたのは……）

アキヲの受ける衝撃を慮《おもんぱか》り、紳堂麗児はできるだけ冷静な声音を心掛けながら口を開く。

「王子稲荷の神域に住まう全ての狐の棟梁と、その御曹司だ。生活も、常識も、人間のそれとは大きく違う。

そしてなにより……若殿、お生まれはいつ頃であられたかな？」

紳堂の問い。その意味をすぐに察して、若殿狐は淀《よど》みなく答えた。

「八代吉宗公の御世《みよ》、享保《きょうほう》の中頃にて」

それは西暦で一七〇〇年代の初頭、二百年も前のことだ。人間は勿論、たとえ狐でも生きていられる年月ではない。まして、あんな若い姿で。

「流れている時間が、違うのさ。……彼らにとっての一年は、僕たち人間の十年に匹敵する」

「東照大権現《とうしょうだいごんげん》がこの地に幕府を開いた頃、我は今の倅ほどの歳であった」

懐かしむように呟く棟梁狐。人間とは骨格も筋肉も作りが違うというのに、その表情で彼が申し訳なさそうな顔をしているのだとわかる。

細い目の奥で黒い瞳が語っていた。そういうことなのだ、と。

「我らは御神と人間を結ぶ。時に恵みを与え、時に祟りて懲らす。その役目を滞りなく果たすため、人間に似せた姿形と性根を備える。我のように後先考えぬ者や、倅のように青臭く人間に惹かれる者が出るのもそれゆえよ」

狐の姿をすれども人間に近しく、しかしその本質は稲荷神の眷属たる神格。どうあっても、人間とは結ばれ得ない。

住む世界が違う。衛士たちが言った言葉は、まさしくその通りだったのだ。

「叶うものなら、叶えたい。その願いは決して間違ってはいない。……でも、これればかりは不可能だ」

「先生でも、ですか」

ぽつりと訊ねる。アキヲにとって、最後の頼り。

「ああ、僕でもだ」

紳堂麗児はそれをはっきりと告げた。これが、どうにもならないことなのだと。

人と人でないものの間に横たわる絶対的な壁。越えることのできない隔たり。

「魔道は人道、だよ。どちらにも通じる理《ことわり》がある。だがそれは、両者がその理でしか通じていないという意味でもあるんだ」

「言い得て妙……。さすがは紳堂先生だ」

威厳ある大狐は頭を垂れるようにして深く頷く。

老舗の座敷に、机を挟んで向かい合う人と狐。それは摩訶不思議な光景であったが、そこに集った四者はこの時、それぞれの見方でひとつの思いを共有していた。

人道と魔道の間に横たわる隔たりを前に、どうにもならないことを前に、せめてその終結は穏やかであって欲しいと。

助教授は助手を、助手は友人を、父は息子を、息子は儚《はかな》い想いを寄せた人を胸に。

「若殿」

しばしの沈黙の後、紳堂は若き狐の御曹司に。

「明後日、神域へかの娘を案内します。

……別れは、若殿の口から告げられるのが良いでしょう」

「先生、それは……」

思わず声を上げて、だがすぐにアキヲの視線は下がった。

咄嗟に「酷だ」と思って声を上げたが、それが恐らく考えられる最良の手段なのだとすぐにわかったからだ。

「すみません……」

誰に諭されるでもなくそう言って俯いたアキヲを、棟梁狐は「聡い子よ」と感心した。

「かの娘御に、我らの真《まこと》の姿を見せることは叶わぬ。真の理を語って聞かせることは叶わぬ。

いかに説いて聞かせるかは倅に任せるが、真を以ての別れとならぬは必定《ひつじょう》。

……紳堂先生と共に、その真を覚えおいてもらいたい」

梅子は真実を知らされることなくその恋を終えなければならない。若殿は真実を語ることができないまま別れを告げなければならない。

だからせめて、アキヲには紳堂と共にこの恋の真実の姿を覚えておいて欲しい。棟梁狐はそう願っている。

優しき父の愛であった。それは、人道にも魔道にも変わることなく通じる理のひとつだろう。

だからアキヲも、棟梁狐を真っ直ぐに見つめて「承ります」と丁寧に一礼した。

誠心もまた、人道と魔道を跨《また》いで通じる理なれば。

●

篠崎アキヲの手記。

扇屋での会合から二日後。紳堂先生は約束通り、梅子さんを王子稲荷の神域へと案内した。

そして二人は、最後の逢瀬を遂げる。

立会人である僕と紳堂先生は遠くから見ているだけだったから、何を話したのかはわからない。一時間ほどの間、誰にも邪魔されることなく梅子さんと若殿は話し、恥じらい、笑みを交わし。

……別れを、告げた。

僕たちのところへ戻ってきた梅子さんは、目を赤く泣き腫らしていた。若殿が何と言ってそれを説いたのかはわからないけれど、僕は胸が痛んだ。

別れの真実を知ることすら許されない。そんなにも大きな隔たりが二人を阻んだのだと思うと、梅子さんが気の毒に思えてならなかったから。

でも、梅子さんは。

「ありがとうございました、紳堂先生。アキヲさんも」

そう言って頭を下げ、次に僕たちに向けたその顔は笑顔だった。赤く腫れた目で、涙の跡が残る頬で、それでも梅子さんはどこか清々しく笑っていた。

傷ついていないはずはないと思う。辛いのだろうと思う。それでも、二人は自分たちで決着することができた。

だから、前に進むことができる。梅子さんの笑顔はきっとそういう笑顔だ。

今日は大正九年の暮れ、十二月三十日。僕は年越しのために帰省した実家でこれを書いている。

今この時、帝都の紳堂先生はなにをしているのだろうと思って、実家から帝都までの遠さを感じていた。

距離、それも人と人の間に横たわる隔たりのひとつ。

梅子さんと若殿に比べたら些事《さじ》かもしれないけれど、この距離が少し寂しく感じているのも事実だ。

そして、ふと考えてしまう。

僕と紳堂先生の間には、他にどんな隔たりがあるのだろう。

距離は、年が明ければまた戻る。いつものように神楽坂の事務所に行けば。

でも、それだけではない。

僕が知る先生は紳堂麗児という人の全ての内、一体どのくらいのものなのだろう。僕が知らないところに、もしかすると「どうにもならない」隔たりがあるのだろうか。

今はまだ僕が知らないだけで、いつか僕たちも決定的な何かで隔てられる時が来るのだろうか。

その時の僕にとって紳堂先生はどんな存在になっているのか。もし、もしも本当に隔てられたとして、僕はそれに耐えることができるだろうか。梅子さんのように、笑えるだろうか。

わからない。結論は出ない。

そもそも……僕にとって、紳堂先生とはなんなのだろう。

……わからない。わかりません、先生。

Cath Palug

篠崎アキヲの手記。


誰かに「好きな動物は?」と訊ねられたら、まず「猫です」と答えるだろう。

僕が猫を好きなことは自他共に認めるところであるし、それは僕が助手を務める紳堂麗児先生においても同じらしい。少なくとも他の動物と猫を比べた時には猫を選ぶだろう。

魔道と猫には関わりがあると以前から聞かされていたから、それが理由なのだと思っていた。だが、今は少し違う。

好きか嫌いかという話の前に猫は人界に住まう魔道の徒に他ならず、言わば先生とは同格の盟友。

そして、時に猫の魔力は人界を脅かすものとなり得る。紳堂先生が猫と良好な関係を築いているのは、彼らが敬意をもって接すべき相手であると認めているからなのだ。

それほどに猫は、人の知らない世界を持った存在である。

僕がそれを知るに至った契機……「化け猫事件」。

帝都存亡にすら関わりかねない大事件の中で、僕はある友人の正体を知ることになった。

●

大正十年、一月。

欧州大戦の特需による好景気などもはや昔のこと。前年の春には絹糸や生糸市場が暴落し、年末には米価の急落が起きて農業関係者を震え上がらせる。

しかし人々は総じて前向きであり、前向きであるということは少々の痛手にもへこたれることなく社会全体が少しずつでも前進していたということだ。乱高下する物価にもめげることなく、帝都市民は意気軒昂。

さすがに後年の関東大震災や世界恐慌ではその意気も挫かれてしまうのだが、少なくともこの頃には関係のないことである。

叔母の相沢時子《あいざわときこ》と共に郷里での正月休みを過ごした篠崎アキヲも、七草粥《ななくさがゆ》で大正十年の正月を締めて帝都に戻っていた。

実家の隣家に住む丸々と太った猫を散々に撫で、転がし、揉《も》みしだいたことで気力は充実。冬の寒さも何するものぞと竹早《たけはや》の女学校に通う足取りは軽い。

気が付けば一月も終わりが近づき、このまま春まで意気揚々と駆けていくつもりだったのだが……。

――『化け猫の仕業か、資産家夫婦斬殺さる！』――

新聞に躍ったその見出しが、揚々たる意気を思い切り挫いたのだった。

●

「まずは、今回の事件について貴女の思うところを聞かせていただけるかしら？」

時子の質問に、彼女は視線を逸らして無視を決め込んだ。向かい合って座っているのに聞こえないふりもなにもないものだが。

「ああ、勘違いしないで。別に貴女を犯人だと疑っているわけではないの。あくまで参考として、意見を聞かせてほしいのよ」

慌てて声音を和らげる時子。しかし質問を向けられた相手としてはあまり愉快なものではないのだろう。そっぽを向いて「ふん」と鼻を鳴らす。

「そんなに嫌わないで頂戴な。私と貴女の仲でしょう？　それはまあ、特別仲良しというわけではないけれど、顔見知りのよしみで少しくらい取材に応じてくれてもいいんじゃなくて？」

今度は少し砕けた態度で誘う時子。どちらかと言えばそうした態度の方が好みなのか、彼女は曲げていた背を伸ばして丁寧に座り直した。

「そうそう、その方がお上品で素敵よ。やっぱり貴女、どこか品があるわよね。血筋の良さとでも言うのかしら」

傍から見ると見え透いたおだて方なのだが、本人はそれほど嘘を言っているつもりはない。大味で天然な時子は唐突に、そして全く他意なく人を褒めることができるのである。

そんな時子だから、彼女も悪い気はしないようだ。

軽く首を傾げてその口を開いた。

「にゃあ」

「あー、できれば人間の言葉でお願いしたいところだわー」

カップを口元に運びながら時子は「残念」と一言。それでも手帳に「にゃー」と書き込んでいるあたり、面白がっているようだ。

「なんなんですか、それ」

神楽坂のカフェー「虎猫」。店名の由来にして看板猫である虎猫・手毬と時子が向かい合ったテーブルの隣の席で、アキヲは頰杖をついてそれを見ていた。

すなわち、時子による手毬への「取材」を。

「あら、これは立派なお仕事でしょう？　大手新聞社のお堅い記者には無い目のつけどころだと思わない？」

と、小さな新聞社の気楽な女記者は愛用の万年筆をクルリと回す。冬場ということもあってコート姿。そんないでたちで仕事に励む彼女はいかにも「新しい女性」の印象だが、その中身をよく知っているアキヲからすれば「見ている分には楽しいけれど、見倣うのは躊躇われる」若き叔母である。

「帝都を騒がす連続怪奇殺人事件の取材ですもの。少しくらいは突飛な発想も必要なのよ」

「突飛すぎて、不謹慎ですよ」

アキヲは小さく口を尖らせた。

その「連続怪奇殺人事件」が始まったのは今から十日前だ。

一月二十五日の深夜。とある資産家の屋敷が何者かによって襲われ、主人夫婦が殺された。

朝になって発見されたその有様は惨《むご》いの一言。被害者はバラバラに引き裂かれていて、警察が見分するまでその遺体が二人分であるとわからなかったほどだ。

室内も荒らされ壊され、物取りとも怨恨とも判別できない。まるで何者かがひたすらに暴れ回ったかのようであった。

まさしく惨殺。あまりに衝撃的な事件に帝都中の新聞社が一斉に報じた。

その時はまだ「謎の惨殺事件」として。

「でもアキヲさん、最初の事件から十日も経つのに警察も犯人に至る手がかりを摑めないって言うじゃない？　まあ、それが本当に人間だったらの話だけど」

「それは……」

アキヲは言葉を濁す。個人的にはあまり面白い話ではない。

最初の事件から三晩続けて事件は起きた。やはり同じように引き裂かれた被害者たち、滅茶苦茶に荒らされた現場。そしてその現場で動物の毛が見つかったというのだ。

それもかなり大きな獣の毛が、大量に。

どこかで飼われていた猛獣が逃げ出したか。人々が騒然とする中、ある新聞が載せた記事が恐怖と混乱に拍車をかけることとなった。

最初の事件から全ての被害者は猫を飼っており、事件の後にその猫の行方がわからなくなっている。そう新聞は報じた。

飼い主以外に、猫のものと思しき死骸は見つかっていない。そして事件現場で見つかった獣の毛は、未確認ながら猫やそれに類する獣のものであると。

それらをより衝撃的に報じるためにつけた見出しこそ「化け猫の仕業」だ。

勿論、最初は誰も化け猫など信じなかった。迷信や俗信が横行する時代であったとはいえ、いくらなんでも突飛に過ぎるというものだ。

しかし最初の事件から一週間。立て続けに起きた六件目の事件で辛うじて一命を取り留めた被害者が出た。

そして、病院に運び込まれたその重傷患者がうわごとのように言ったのだという。

――大きな猫に襲われた――

これが決め手となって「化け猫」は帝都中を席巻《せっけん》した。最初は「馬鹿馬鹿しい」と一顧だにしなかった者たちまで、今や「化け猫でなければ説明がつかぬ」と噂《うわさ》する始末である。

「猛獣の仕業だとしても、この帝都でこんなに長く身を隠していられるはずがないわ。餌だって沢山必要なはずなのに家畜が襲われた形跡は無いし、被害者の遺体ですら食べられたような跡は無い」

したり顔で並べる時子だが、それらは全て大手新聞に載っていた記事の受け売りである。

「こうなると、いよいよもって化け猫の線が濃くなろうというものじゃないの」

「だからって手毬に取材するなんて……」

抗議しつつ時子のテーブルに移動するアキヲ。そして手毬に向かって「ねえ」と手を差し出してみるのだが。

「……」

虎猫は無言でそっぽを向き、ついでのように前足でアキヲの指先を払いのける。

ぺしっ、と。

「むう……」

「相変わらず嫌われてるわねえ。報われないこと」

クスクス笑う時子。もうすぐ二年の付き合いになるのだが、どういうわけかこの看板猫はアキヲに全く懐かない。他の人間であればたとえ一見《いちげん》の客でも愛想よく擦り寄って接客するというのに。

アキヲもそれを半ばわかっていたから最初は隣のテーブルに座ったのだ。話の流れから少しくらいは……と思ったのだが、甘かったようである。

「正直なところ、迷ってるんだけどね」

と、接客の手が空いた店主・宮本伸香がやってきた。

店に出る時はいつも着ている、黒地に赤い柄をあしらった着物。髪の結い上げ方も紅の差し方も大人の色香を感じさせるのだが、それらをひとまとめにすると「色っぽい」よりも「恰好いい」と言いたくなる、そんな気風の良さを感じさせる姐さんだ。

「迷ってる？」

アキヲの鸚鵡《おうむ》返《がえ》しに、テーブルへ加わった伸香は膝に手毬を抱いて言った。

「あんな噂が飛び回ってるんじゃ、看板猫が逆にお客を怖がらせやしないかと思って」

愛猫を優しく撫でる手。手毬は気持ちよさそうに目を閉じている。

（これは、伸香さんだけだな……）

アキヲは知っている。アキヲという特例を除いてどんな人間にも大体は良い顔をして撫でさせている手毬が唯一見せる「本物」の満足顔。それは伸香の手に撫でられている時だけだ。

「んー、火付け役が新聞だけに私が言うのもおこがましい気がするけど……」

新聞発信の情報の威力。それによって「実害」を被りかねない仲香と手毬に配慮しつつ、時子は。

「噂が鎮まるまでお家に置いておくのはどうかしら？」

最も簡単な方法を提案する。それでは看板猫としての役割が果たせないから結局は「虎猫」にとっても損失なのだが、そんな方法をサラリと口にして悪印象を抱かせないのが時子の不思議な魅力である。

「それも考えたけど……この子がどうしてもあたしの傍を離れてくれなくてね」

苦笑する仲香の顔は、困っているというよりは嬉しそうだ。

精力的にカフェーを切り盛りし、女給たちからも常連客からも頼られ慕われる女店主が見せる親馬鹿な表情は、アキヲから見ても「いいな」と思える。

単に猫から懐かれているだけでなく、人間の側からそこまで猫に惚れこめることが羨ましい。

なので、常連客としては庇い立てしたくもなろうというものだ。

「仲香さんと手毬は相思相愛なんですから、一日中お家で留守番なんて可哀想ですよ。ねー、手毬」

「……にぁ」

少し欲を出して伸ばした手は、またも打ち払われるのだけど。

ぺしっ、と。

●

アキヲたちが階下で手毬とじゃれている頃、二階にある事務所で紳堂は警視庁の持《もち》田五郎《だごろう》警部と向かい合っていた。

「ひとまず、まっとうな線からの捜査は警察にお任せするということで」

二人の間には応接用のテーブルに広げられた沢山の資料。全て「化け猫事件」に関するものだ。

「ああ、それについては今日、新たに人員を増やして捜査態勢が強化されたからね。……とはいえ、さすがに『化け猫』を探すわけにもいかんからな」

坊主頭を撫で、恰幅《かっぷく》のいい五十路《いそじ》の「入道警部殿」は眉を寄せる。

十日の内に八件、死者は十人を超えてしまった。こうなると警察も躍起になって犯人を捜すのだが、有力な手がかりを見つけられていないのが現実だ。

勿論、帝都を守る警視庁の人間が「化け猫」などという妄言に踊らされるわけにはいかないのだが、それを妄言ではなく事実として分析することのできる人間ならば話は別である。

「万全の態勢で目下犯人を捜索中、と世間には言っとるが……実際のところ、今はどんな些細《ささい》な手がかりでも欲しいというのが捜査本部の本音でね」

警部ともあろう者がこんなにもあけっぴろげに内情を漏らしていいのかどうか。少なくとも、彼は目の前の青年に全幅の信頼を寄せている。

自分たちでは到底手に負えない不可思議な事件を、同じ不可思議の力と智慧で解決する紳堂麗児。その実力を持田警部はもう何度も目の当たりにしてきたのだから。

「内々《ないない》のことではあるが、紳堂くんのことを頼りにする人間は他にもいる。これは、警視庁からの頼みと思ってくれて構わんよ」

「それはまた、光栄ですね」

依頼ではなく頼みというところが気に入った。それは個人的な、この場合だと持田と紳堂の信頼関係に基づいたものという意味だ。

これで持田が正式に書類でも携えて来たら、紳堂の意欲は何割か削がれただろう。彼がそういう無意味な形式に拘るのを嫌う性質だと、持田もよく知っている。

「……それで、きみはどう見る?」

持田が持参した資料は被害者や現場について詳細に調べられたもの。中には現場写真もあり、血肉の塊に変えられた被害者や血に塗れた現場の凄惨な状況を紳堂は表情を変えることなく確かめていく。

アキヲに席を外させたのは、これらの刺激があまりに強いからである。ただでさえ報道に心を痛めるアキヲに何の備えもなく見せるのは憚られる。

「やはり、最初の被害者が鍵でしょう」

紳堂の見立てに持田も「うむ」と頷いた。勿論、自分たち普通の人間と紳堂麗児の着眼点がまるで違うものであろうことは承知の上で。

十日前、最初に殺された資産家夫婦。夫は現役を退いた元貿易商で、息子に商売を任せて悠々自適の生活であったらしい。

そして、彼らにまつわる人間関係や生活状況についての情報の隅に紳堂はそれを見つけた。

――昨年末、英国ヨリ珍シキ猫ヲ入手。友人知人ニ自慢セリ。――

「この調べ書きは、持田警部のものでしょう?」

「ん、ああ。猫が犯人だとは誰も思っとらんが……一応、な。

まあその……品種まではわからんかったんだが。ははは」

照れ笑いする坊主頭の警部。紳堂は「十分ですよ」と朗らかに笑った。建前でなく、本心から。

紳堂に頼むのだからと、彼なりに気を利かせて調べてくれたのだろう。それは紳堂にとり、単に「飼イ猫一匹、行方知レズ」とだけ記した警察資料よりずっと価値がある。

鋭いわけではない。だが実直かつ真摯に職務に励むという点において、持田五郎警部は間違いなく信頼に値する警察官だ。そして情報の収集とまとめ上げという点においても得難き才能の持ち主である。

「つまり、この夫婦が飼っていた猫はまだ飼われて日が浅かったというわけですね。さらに品種はともかくとして、英国から来た珍しい猫という話を聞いた人間は少なからずいたわけだ」

「これが化け猫になったというなら、随分と早々に化けたものだが……」

紳堂に話を持ち込んだ時点で、警察の中でも自分だけは「化け猫」の線を追うつもりでいる持田警部。

彼の言葉に、紳堂は「確かに」と頷いた。

「長く人に飼われた猫は化けるものですが、それは数年から十数年かかるもの。そうでない特例でも最低三年は必要なはず……」

紳堂の言葉は猫が化けるという事象が実在のものであるという前提である。持田もそれに今更疑問を挟まなかった。この会話は既に摩訶不思議の領分なのだ。

「この夫婦の下へ来る以前に化けていたという線はないかね？」

「否定はできませんが、ひと月でその正体を現すというのは考えにくい。

……ほら、よく言うでしょう？」

「なるほど。『借りてきた猫』というやつか」

猫は環境の変化に敏感で、慣れない土地や家に連れてこられると警戒心から本領を発揮できなくなるもの。それは化け猫であっても同じということだ。

「それに、化け猫は襲う理由の無い相手は襲いません。仮に最初の被害者夫婦がこの猫を苛めていたとしても……」

「二件目以降の被害者が出る理由が無い、か。……むう」

その、二件目以降の事件現場の資料が写真と共に並べられる。惨たらしい現場の状況は一件目と変わりがないが、持田は紳堂の様子を窺いながら「ひとつ、ね」と口を開いた。

「現場で見つかった動物の毛、どうも猫やその類いの獣らしいということはわかっとるんだが……二件目以降、二種類の毛が見つかっとるんだよ」

「二種類？」

「ああ。それに現場も、一件目と二件目以降では少し雰囲気が違うように思える」

実際に見分に加わった人間の感覚として、持田は何枚かの写真を手元で見比べながら言った。

「あくまで個人的な感想として、なんだがね。

二件目以降はまるで、その……猛獣同士が争ったかのようで。生き残った被害者に話を聞いても、どうにも混乱していて要領を得ないところが多いんだが」

持田はそれら被害者の証言についての調書を捲《めく》る。例の「大きな猫に襲われた」と口走った被害者も、傷が深くて思うように聴取できないそうだ。

「虎ではなく、猫と？」

「ああ。その後に襲われた人間で犯人を見た者も、猫のようだったと言っとる。

特徴としては……翠色《みどりいろ》に光る目と、縞模様《しまもよう》の毛並」

そこまで進めて、持田警部は「ああ、いや」と訂正する。

「毛並については別の証言もあるな。模様の無い黒い毛並だとも。暗がりでそう見えただけかもしれんが」

「なんにしろ、巨人な獣であるという点については間違いなさそうですね」

既に多数の人間が命を奪われている深刻な事件。さしもの紳堂も資料を捲りながら深く息を吐いた。

「最初の現場とその後の現場は直線的に並ぶものではない……」

帝都の地図を広げ、事件の起きた現場をひとつひとつ書きこんでいく。

「むしろ、最初の現場を起点として徐々に広がっているようにも見える」

紳堂の言う通り、現場を結ぶ線は歪《ゆが》んだ円を描くように外へ外へと広がる線だ。

「逆に言えば、これが現時点での化け猫の勢力圏……縄張りという見方もできます」

「縄張り……しかしこれは」

持田も改めてその「縄張り」を確認する。確認して、眉を顰めた。

最初の事件が起きたのは四谷区《よつやく》の北、牛込区《うしごめく》との境目辺り。そこから広がった化け猫の縄張りは四谷から市谷《いちがや》、牛込へとまたがる大きな円になりつつある。

「広いな。あと少しでこの辺りまで届くじゃないか」

「確かに。これは少々心配ですね……」

そこへ、事務所のドアをノックする音。聞き慣れた助手や郵便配達のものとは違ってゆっくり「こん……こん」と叩くその相手に、紳堂はひとまず「どうぞ」と返事をした。

「ごめんくださいまし……」

たおやかな女性の声。それと一緒に入って来た彼女を見て、持田は思わず「ほぅ」と息を漏らした。

下がった目尻が男心をくすぐる美人だ。あえて強い色彩を選んだ化粧がよく似合う。結い上げられた髪には珊瑚玉《さんごだま》をあしらった玉簪《たまかんざし》、鮮やかな模様が配された着物から覗くうなじがなんとも艶《なま》めかしい。

部屋に入ると同時にふわりと漂う強めの香。芸者か遊女か、どちらにしてもお安くなかろうということだけはわかる。

彼女はゆっくりと一礼し、目の前の二人の男をチラリと見比べてから。

「紳堂先生でいらっしゃいますか？」

と、坊主頭の警部に訊ねた。

「は、いや、私ではなく……そちらの彼で」

その艶っぽい声音に思わず頬を赤らめた持田。反射的に紳堂を指した彼に、「あら、ごめんなさい」と無邪気な笑みを浮かべてみせる女性。

「なにかご用事で？　ご覧の通り、今すぐにというわけにはいかないのですが」

女性の色香にも全く動じるところがない紳堂。彼女はそんな反応に「あら、ふふふ」と小さく笑い。

「今日はこちらをお届けに上がっただけでございます。……中をご覧になれば、おわかりいただけますので」

袂《たもと》から取り出した一通の書状を紳堂に手渡すと「それでは、これにて」と立ち去ってしまった。

「相変わらず隅に置けないな、きみは」

彼女の足音が遠ざかるのを待ち、持田は肘で紳堂の腕をつつく。着物の中でたっぷりと香の移った書状の中身が気になるようだ。おそらくは恋文であろうという想像のもとに、であるが。

しかし、紳堂は宛名が書かれていないその書状を確かめつつ。

「初対面ですよ。それに、彼女はただのお遣いでしょう。書状の主はおそらく別人。……まあ、彼女自身にも興味があることは否定しませんが」

書状の裏側にも差出人の名は無い。しかし、紳堂には何らかの推測があるようだ。

「それより警部、人丈夫ですか？」

「ん？　何がかね？」

　時間なら別に……と懐中時計を確かめる持田に、紳堂は口の端を小さく上げて。

「彼女、随分と強い香りがしましたからね。服に移っていたら奥様に拗ねられるのでは？」

「む、いかん」

　背広をパタパタと叩《はた》く持田。歳の離れた友人でもある警部をからかいつつ、紳堂は受け取った書状を開いて目を通す。

「なるほど。これは、また……ふむ」

　何か深刻さを感じさせる唸り。それでいて、瞳の奥には煌《きら》めくものがある。その書状はどうやら、若き帝大助教授の内に火を点けるものであったようだ。

●

　宮本伸香の自宅はカフェーの店舗とは別で、神楽坂下から外堀沿いをしばらく行った市谷の辺りにある。

　今日は客も少ないので夕暮れ前に店を閉めた伸香。結局閉店までカフェーに入り浸っていたアキヲと時子は、化け猫の噂を気にしている伸香を心配して自宅まで送ることにした。

「ですから、もし猫が化けたとしても恨みの無い相手を襲ったりはしないんです」

道すがら、Pコート姿のアキヲは化け猫に関する蘊蓄《うんちく》を披露していた。猫好きとあってそういう知識も自然と増える。

「そもそも、長く人間に可愛がられてきた猫というのは恩返しだってしてくれるんですよ。小銭を集めてきてくれたり、主人が危ない場所へ行くのを止めてくれたり」

「へえ……三年の恩を三日で忘れるって言うけど」

一方で時子の方は知識も感想も適当である。その適当さのおかげでアキヲが溜め込んだ知識を語る機会を作っているようなところがあるので、この叔母と姪《めい》は良い相性なのかもしれなかった。

「別に恩を感じて欲しいと思ったことはないけどね。……まあ、この子は生まれた時からあたしと一緒だから、家族みたいなもんでさ」

手毬を抱いた伸香はさっぱりしたものだ。確かに、家族ならば恩義など関係無いのだろうけれど。

「昔、佐賀藩で国を奪われた主人の無念を晴らすために化けた猫もいたそうです。猫が気紛れで恩知らずだなんていうのは、人間がそう思ってるだけですよ」

「でも、歳をとった猫はいつの間にかいなくなっちゃうわよね？」

時子の指摘にアキヲは「う……」と言葉に詰まる。

「それは……歳をとって化けた猫は、猫同士で集まって暮らしているとか」

「それってなんだか薄情じゃない？　最後まで一緒に暮らして欲しいものだと思うけど」

時子の言うことも尤もなので、アキヲも反論に困る。

「化けようが化けまいが、この子がやりたいようにやって、生きたいように生きてくれるのが一番よ。それがあたしと一緒に暮らしたいってことなら、あたしも嬉しいけどね。……さ、着いた」

伸香が案内したのは小さな一軒家だった。女の一人暮らしには似合いのひっそりとした佇まい。中に入ると、質素ながら掃除が行き届いている。

とはいえ、普段の伸香の印象と比べると幾分地味である。家具も最低限のものしかなく、人によっては侘《わび》しさを感じるかもしれない。

「これでも、昔は少しばかり良い暮らしをしてたんだけどね。……あ、お茶でも飲んでいきなさいな」

仲香は台所に立ってお茶の支度をしつつ、ついでのように話した。

親は既に亡く、兄弟たちとも半ば絶縁の状態。この小さな家と一匹の虎猫だけが、親から彼女に遺されたものなのだそうだ。

「ま、それから色々あってあの店を構えたわけだけど……」

その「色々」については詳しく話してくれなかった。ただ、一人での暮らしを始めてからずっと手毬は仲香と一緒だった。

「さっき時子さんが言ったことじゃないけど、この子もそれなりに良い血筋なのよ。手毬の母親は、あたしの父親が外国の偉い人から譲ってもらった猫でね。まあ、肝心の父親がわからないんだけどさ」

今から十年ほど前、夜遊びする癖のあった母猫がどこかで身籠って帰って来たのが手毬なのだとか。毛並も瞳の色も母譲りだったため、父親については皆目見当もつかない。

「あら、そう言われるとこの目の色、どことなく高貴な雰囲気だわ」

「……じゃあ、さっきは何を根拠に上品だなんて言ってたんです？」

叔母の適当さに呆れつつ、アキヲは手毬の目を覗き込む。贅沢《ぜいたく》にも専用の座布団を与えられている虎猫の瞳は翠玉《エメラルド》を思わせる綺麗な翠色。しかし、アキヲと目が合うと無愛想にそっぽを向いて寝たふりを決め込んだ。

「もう、少しくらいいいじゃないか」

「不思議だわね。アキヲくんに愛想しなさいって、あたしも何度か言って聞かせてるんだけど」

愛猫の妙なこだわりに、仲香も苦笑する他ない。

そして、ふとどこか懐かしいものを見る目になって。

「今でも覚えてる。

……歳とった猫はどこかへ行っちゃうって確かによく言うけど、この子の母親は最期まであたしの父親の傍を離れなかった。

毎日、食べるものにも事欠いてたってのに、不満な顔ひとつせずにずっとさ……」

だからね、と仲香はアキヲを見て。

「手毬がどこにも行かないのは、たぶん親から家出の仕方を教わらなかったからよ。本当に、親子揃って可愛がり甲斐のある子なんだから」

仕方ないわね、などと言いながら本音ではそれが嬉しくてたまらないのだということがアキヲにはわかった。

仲香にとって手毬は大事で、きっと手毬にとっても仲香が大事なのだ。

それからしばらく世間話などして、アキヲと時子は仲香の家を辞する。

太陽の光は遠くにその残光を残すのみ。辺りが一気に暗くなり始める時間だ。

「持田警部がいらしてましたから、きっと事件について紳堂先生に相談なさったんだと思いますよ」

「なるほど、じゃあ先生に取材するのが早いかしらね。

ところで……途中で訪ねてきたあの美人、アキヲさんは誰だか知ってる？」

「……知りません。全然、全く」

「あらま、いい膨れっ面だこと」

そんなことを言い合いながら仲香の家を出て、夕飯はどこか外で済ませようか、そんなことを時子が言いかけた時だ。

「え……？」

「あら……？」

二人を見つめる、目、目、目。薄闇の中に浮かび上がる無数の小さな光。右を向いても左を向いても、それらがジッと二人を凝視している。

アキヲたちを、仲香の家を取り囲むように、猫たちが集まっていたのだ。

「なんで、猫がこんなに……」

その光景に、姪と叔母の反応は分かれた。

アキヲはまず警戒する。こんなにも沢山の猫が集まって、しかもこちらを見ているのだから。身の危険を感じてもおかしくない。

「集会かしら？　話には聞いてたけど、猫って本当に集まるのねー」

一方で時子の声は弾んでいた。この能天気な女性にしてみればなんだか幻想的な光景にむしろ心躍るのである。

時子の反応はともかく、アキヲにはそれがどこか剣呑な雰囲気に思えた。どの猫も全く動くことなく、こちらを探っているようだ。

(僕たちを警戒……いや、観察している？)

そう直感したが、理由など全くわからない。どうして猫が……猫？

「もしかして、手毬を？」

「誘いに来たのかしらっ」

まるで緊張感のない時子に、さしものアキヲも軽く頭を抱えた。

だが、その抱えた頭の中で閃いたものがある。

(誘いに……待てよ、確か化け猫が仲間を踊りに誘いに来るって……)

聞いたことがある。化け猫たちが集まって踊りの練習をする時、上手い踊り手を欠くと人間のように調子が出ないのだという。そんな時は顔馴染みの猫が自宅まで誘いにやってくる……。そんな話があちこちの地方に伝わっているのだ。

「なら、手毬は……あれ？」

アキヲが思考を巡らせたほんの一瞬の内に、周囲を取り囲んでいた猫たちはその姿を消していた。

「どこかに行っちゃったわね。私たち、お邪魔だったのかしら」

どこまでも適当な時子。アキヲの胸には不安な印象が焼き付いていた。

自分たちを、あるいは伸香の家を探るように見つめていた猫の群れ。無言の圧力のようなものすら感じさせる、その存在感に。

（化け猫……まさか、手毬が？）

●

その部屋には、むせ返るような血の臭いが充満していた。

床に、壁に、天井にまでベッタリと張り付いた血痕。否、それは血と肉が混ざり合ったものだ。

もはや原形も留めず、ただの肉片と化した元・人間の中心に、なにか黒くて大きな影が鎮座している。

その黒いモノは、デロリと出した長く厚い舌で爪にこびりついた白いものを舐めていた。……切り裂かれた人間の脂《あぶら》だ。

「フゥゥウウウ……」

生温かい息を吐き出し、四本の足で満足げに立ち上がる。滅茶苦茶に荒らされ、明かりの消えた室内。その暗闇の中で人間の拳ほどもある翠色の目がギラリと光った。

「……遅かったか」

背中から聞こえてきた人間の声に大きな耳が動く。首だけで振り返ると、その視線の先には暗闇に浮かび上がる白い背広姿の青年。

「こうも酷い有様とはな……正直、信じたくはなかったが」

青年の呟きに、黒いモノはその大きな口を開けてニタリと嗤《わら》った。相手の表情、その心情がわかるようだ。その上で、嗤っている。

暗闇の中、青年は懐から何かを取り出す。それが回転式拳銃《リボルバー》であると見抜いたわけではないだろうが、ほぼ同時に黒いモノは大きく身体を震わせた。

「むっ……」

一秒と経たず、黒いモノは影のように暗闇へと沈み込んでいく。青年が咄嗟に抜き撃った弾丸も、影が相手ではまるで効き目が無い。

影は地面を這うように庭へ出ると、そのまま薄く照る月明かりの中へ溶けるように消えてしまった。

「……むう」

月明かりの中に現れた紳堂麗児。小さく唸り、足下の血溜まりにこびり付いた獣毛を拾い上げる。暗い茶色と明るい金色、並べれば縞模様になるだろうか。

「毛を残すということは、本体であることに間違いはない。しかし……」

一方で全く違う毛並の獣毛もあった。そちらは黒い、淀みない黒だ。

（……こうなっては、人間の力など到底及ぶまいな）

空を見上げると弓のように細い月。二日もすれば新月だ。

あれほど血痕だらけの中を歩いたにも関わらず部屋の中に紳堂の足跡はひとつも残されていない。既に彼は魔道的な戦いの最中にいる。

「翠色の瞳……」

暗闇の中、それだけは間違いなく確かめた。

日本に住む猫の目、中でも翠色をしたものは外国の血統と比べると色が薄く淡いという特徴がある。あれだけ鮮やかな翠色の目は紛れもなく日本の外から来たもの。

（持田警部にはああ言ったが……）

化け猫は理由の無い相手を襲わない。確かにその通りだ。

しかしそれは日本の化け猫の話。目を外へ向ければ、その獰猛《どうもう》な性質で人間に襲い掛かる猫も存在する。

「欧州から来た、あるいはかの地を起源とする血筋なら日本の道理は通じまい。特にそれが災禍の猫であるならば……」

日本の化け猫が持つ習性など、まさしくお構いなしだろう。

（縄張りのためなら、飼い主ごと猫を襲うということもあるか。だが、突然それを始めた理由はなんだ……？）

元々大人しく飼われていた猫が突然、怪異となって凄惨な殺戮《さつりく》を繰り返している。その理由。

（近くに似た臭いを感じ取ったか、あるいは……）

まだ答えに辿り着くための要素が揃っていない。それを確かめるためには時間が必要だ。

「……ん？」

視線を感じた。振り返ると、隣家の屋根や塀の上に並ぶ猫たち。光る瞳が紳堂を見つめている。

そして、それら猫の群れを背に従えて彼女が立っていた。薄明りの中で浮かび上がる着物の柄は鮮やか。玉簪にぶら下がる珊瑚玉を愛らしく揺らし、風のない夜気を伝って紳堂の鼻腔《びこう》をくすぐる香の匂いは甘い。

「アレに手出ししても無駄。そう書いてございませんでした？　紳堂先生」

事務所に書状を届けた時と変わらないたおやかな声。闇にユラリと佇む姿にも艶めかしさを感じさせる。

そんな彼女の色香に惑わされることなく、紳堂はきっぱりと言い返した。

「無駄だと言われて、それだけで承服するのは性に合わなくてね」

おどけているように見えて、しっかりと芯の通った言葉。すると、遊女風の着物を揺らして彼女はコロコロと笑った。

「……存外、子供のような人」

彼女の両目が光った。闇の中からこちらを見つめる猫のそれと同じ、魔性の輝きだ。

「聞き分けのない御方……これはどうしたものかしら、ねえ？」

甘く蕩《とろ》けるような妖しい声音。それを紡ぐ唇もまた、ニヤリと妖しげな笑みを浮かべている。

●

その後も事件は続いた。

最初の事件から約二週間になる二月十日までで十件。死者は十三人、負傷者は四人にのぼり、一命を取り留めた被害者も重傷者ばかり。

普通であればまず警察がその怠慢を糾弾されるところだろう。しかしこの時、帝都市民の多くは「化け猫」の噂に惑い、恐れ、慄《おのの》いていた。

新聞各紙も警察の対応批判より犯人の正体についての推測や市民へ注意を促す記事が大きくなる。警察が全力を尽くしながらも犯人に近づくことができないでいることを、記者たちも正しく理解していたからだ。

この事件はまともではない。犯人に迫ろうとすればするほど、誰もがその事実を突きつけられざるをえなかった。

日没以降に出歩く人はめっきり減り、どの家も厳重に戸締まりをして、人々はただ静かに朝を待つばかり。

目に見えない残忍な「化け猫」の影に、帝都市民は怯えていた。

●

「また事件が起きたようだな……」

二月二十日。その日も新聞の一面を飾った「化け猫」の見出しに美作正三郎は眉を寄せていた。

「ここのところは犠牲者が出ていないようですけど……」

美作邸に遊びに来ていたアキヲも化け猫に関する事件はひと通り把握している。ここ十日ほどの間に起きている事件では少し傾向が変わり、人気《ひとけ》のない納屋や蔵が荒らされることが増えていた。

そこに偶然居合わせた家人が被害に遭った件もあるので一概には言えないが、死者を大量に出していた頃よりはまだマシだ。

（マシ……でもないんだろうけど、本当は）

化け猫が跋扈《ばっこ》しているという時点で大問題である。毎日のように事件が報道される中で、アキヲの感覚も少々麻痺《まひ》しているのかもしれなかった。

「そういえば、化け猫が出るのは猫を飼っている家ばかりなのでしょう？　うちでも飼っていればよかったわ」

「やめてください、心配になるから」

本当に心配そうなアキヲに「冗談よ」と笑うのは美作春奈。時子と違い、こちらは最初から冗談のつもりで言っているだけまだ常識的だ。

いつの間にか、化け猫に関する噂には「飼っている猫が化け猫を呼ぶ」という新たな情報が加わっていた。

実際、最初の事件から共通して襲われるのは猫を飼っている家ばかり。そして事件の後はその猫が行方をくらましているのだから、疑われるのも仕方ないのかもしれないが……。

「この記事には、猫の方が襲われるより先に家出しているとあるな」

いつもならば「馬鹿馬鹿しい」と一蹴する美作も、ここまで噂が広まるとそうも言っていられない。美作家に猫はいないとはいえ、猫に匹敵する好奇心の持ち主である妹が心配である。

「最近、近所でも野良猫を見かけなくなりました」

そう、化け猫に襲われた家のみならず、帝都から猫の姿が消えつつあった。人に飼われている家猫もそうでない野良猫も、いつの間にか姿を消して戻らない。

「一度家を出た猫は二度と戻らないものだと聞くが」

「正体を知られた化け猫も、やはり同じように戻らないそうです。でも……」

アキヲの表情は暗い。

どうして猫たちは家出するのか。家から出れば化け猫に襲われないから？　だとすると、野良猫の姿まで見えなくなるのはどういうことか。

人間の目の届かないところで、猫たちは一体なにをしているというのだろう。あくまで猫の味方をしたいと思っているアキヲも、その「目に見えない動き」には不気味なものを感じざるをえない。

（あの日の猫たち……あれは、もしかしたら）

伸香の家を取り囲んでいた猫たちを思い出す。もしかして、彼らは既に家出していた猫たちなのではないか。それがどうして伸香の家にやってくるのか。もしかして、本当に手毬は何か関係が……。

「えいっ」

むにゅっ、とアキヲの柔らかいほっぺたが挟まれる。いつの間にかすぐ目の前に来ていた春奈の小さな両手で。

「わ、わっ」

突然のことに目をパチクリさせて驚くアキヲ。春奈は「いけないわ」と笑った。

「そんな深刻な顔をしていたら猫の方が怖がって近寄らないわよ、アキヲさん」

「春奈さん……」

いつの間にか自分が厳しい表情で考え込んでいたことに気づく。そして、それをこうして解きほぐしてくれる親友のありがたさも。

その親友の兄であるところの美作も、アキヲのことは心配するのだ。

「こういう時こそあいつの出番だろうに……」

彼の場合は、それが自分の親友たる紳堂麗児への苦言という形になるのだが。

「ここのところ外出していることが多いんですよ……。もしかしたら、先生なりに何か手を打っているのかも」

「だとしたらアキヲくんにも何か伝えていそうなものだ。助手なのだから」

腕組みをして力説する海軍中尉。美作は時々、紳堂とアキヲを二人で一人のような扱いにすることがある。それが彼なりにアキヲを高く評価しているためだとわかるので、アキヲ自身はくすぐったくなるのだが。

「またぞろ、昼間から遊び歩いているのかもしれんな。……ここのところの騒ぎで夜遊びもできなくなっていると聞くし」

むう、と眉を寄せる美作。目の前に紳堂が現れようものならすぐにでも小言を食らわせかねない。

一方、それもまた兄が紳堂を信頼しているがゆえだと知っている妹は。

「もしかすると……紳堂先生はアキヲさんを守っているのかも」

「え？」

その言葉の意味がわからず、アキヲは首を傾げる。サラリと流れる黒髪を持つ少女はそんな親友の顔を「可愛い」と笑って。

「本当に危ないところには、アキヲさんを連れて行きたくないのだわ。そして、それを知ったアキヲさんが心配したり、心を痛めたり、万が一にもついて来ようとするのを防ごうとしている。

紳堂先生は、アキヲさんが大事なのよ」

「そ、そう……かなあ」

美作に言われるのと同じように、アキヲをくすぐったくさせる春奈の言葉。

ただ、そのくすぐったさの中になんだか胸をムズムズさせるものが入り混じっていて、美作に見えない角度でアキヲに「少女」の顔をさせる。

春奈は、そんなアキヲの顔を見るのが何よりの楽しみなのだ。

●

最初の惨殺事件からとうとう一ヶ月が経とうとしていた。

今も三日に一度の頻度で起きる「化け猫」の事件。遂にその数は二十件を超え、現場の範囲は帝都全域、被害は甚大なものになりつつある。

警察は上から下まで数十人を投入。夜間は勿論、昼間も主だった通りには常に警官が目を光らせて警戒に当たっている。

人々は毎日のように「次はどこだ」と噂し合い、「化け猫除けになる」と様々なお守りやお札があちこちに出回っているそうだ。

怪しげな風説も飛び交う中、懸念されたのは人々による猫への暴力であった。

事件の当初から続く「猫のいる家が襲われる」「襲われた家の猫がいなくなっている」という噂（事実関係だけなら、これらは噂ではないのだが）のため、飼っている猫を追い出したり殺したりということが起きはしないかと、特に愛猫家たちは心配した。

だが、結果としてそれは杞憂《きゆう》に終わる。何故ならそうした噂に飼い主が踊らされるよりも早く、猫たちは住んでいる家から姿を消していたのだから。

時期にはそれぞれ差があれど、今や帝都に住むほとんどの猫が人前から姿を消している。見慣れた風景の中にいる隣人、友人、あるいは家族がいなくなったに等しいそれはある意味、異常事態であった。

さて、ここで「全ての猫」ではなく「ほとんどの猫」としたのには明確な理由がある。少なくとも篠崎アキヲは「全ての猫」が姿を消していないことを知っていた。

何故なら未だにただ一匹だけ、事件の前と何ら変わりなく日常の風景に居残っている猫がいるからだ。

今日もそう。事務所の階下、カフェーのテーブルで丸くなっているその看板猫。

「……まぁたお客が逃げてったねえ」

カフェー「虎猫」の店内は閑散としていた。店主である宮本伸香はテーブルに頬杖をつき、店先を覗いてそそくさと立ち去る客の後ろ姿を見送っていた。もう腹も立たない、呆れてはいるけれど。

「そんなにも、みんな手毬を怖がってるんでしょうか」

今日もひとつ隣のテーブルを選んで座ったアキヲは、あまりにも明確に表れたその結果に愕然とする思いだった。

虎猫に客が寄りつかない理由はひとつ。店名もさることながら、店先のテーブルに陣取る手毬を客が気味悪がっているのである。

「手毬はずっと同じ場所……伸香さんの傍にいるだけなのに」

「だから、じゃないかしら」

開店休業状態の店内を軽く見渡して伸香は笑った。

女給たちの中にも手毬を怖がる者がいる。どうせ客も来ないからと、そういう女給が休みたいと言ったら咎めもせずにそれを認めていた。懐が深いというよりは、自分の手に負えないものを無理にどうにかしようとしていないのだ。

「帝都の猫という猫がみんな家出したってのに、今もこうしてあたしの傍を離れない。猫が見当たらない生活が当たり前になりかけてるのに、ここに一匹だけ居残ってる。そういう、他とは違うものを怖がったり遠ざけたりするのは、どこにでもある話でしょうよ」

まるでそんな経験があるかのように、伸香はどこか遠くを見ながら話す。手毬はその横で主人の横顔をジッと見つめていた。翠色の目が、ただ伸香だけを見ていた。

「いつも通りにしていて怖がられるなんて、あんまりです」

今や常連客も顔を見せなくなったカフェー。それが姿も見えない化け猫の噂のためだなんてアキヲには納得がいかない。なにより、それで手毬が悪者のように思われているのが我慢ならないのだ。

「本当に、アキヲくんは誠心と友情の人だな。……いつもあんなに嫌われてるのに」

「先生……」

なんだか久しぶりに見た気がする。ここ半月ほど事務所から外出することが多かった紳堂麗児は、ついに一昨日「三日ほど留守」と書き残して戻らなかった。

今日で三日目。数えればそれだけの日数なのにアキヲは懐かしさすら覚える。

（……僕も、不安なんだろうか）

そんなことを思った。心のどこかにある「化け猫」への不安が、紳堂の顔を見てゆるんだような気がしたのだ。

ぼんやりと見上げるアキヲ。それを見た紳堂は相変わらずヘラリとした笑みを浮かべながら。

「普通、アキヲくんがまず手毬を店から追い出しそうなものだけどね」

などと意地悪を言う。その一言でアキヲも「ムッ」と口をへの字にして。

「そういう問題じゃありませんから」

といつもの調子に戻った。心の隅にジワリと湧いた不安など、もうどこかへ消し飛んでいる。紳堂に対して感じたほのかな安らぎを道連れに。

仲香のため、このカフェーのためというのは勿論ある。だがそれ以上にアキヲは手毬が好きなのだ。嫌われていても、すぐ近くにいつもいるそのふわふわした四本足の隣人が好きなのである。

「結構なことだ……」

そっと零すように呟いて紳堂はコーヒーを注文する。仲香が淹れてくれたそれを言葉少なに、ゆっくりと堪能するその様は、どこか疲れているようにも見えた。

「先生、ここ最近は……」

「ああ、化け猫退治に追われていてね。……正確には、退治するための準備かな」

チラリと手毬に視線を向ける。テーブルの上で丸くなった虎猫は我関せずとばかりに居眠りしていたが、その耳だけは紳堂の方を向いている。

「事が事だけに色々と骨を折ったけれど……今夜、ようやく決着をつけられそうだ」

だからこうしてアキヲにも話してくれるのだろう。春奈が察した紳堂の心情、それが真実からそれほど遠くないものであるように思えてアキヲは居住まいを正した。なんだか、ムズムズしたのだ。

だが浮かれているだけではない。まだ事後となっていないこの時に紳堂が話したということは、アキヲにも知っておく必要があるということ。

果たして、美貌の助教授は仲香に向き直る。

「仲香さん。用心のため、今夜は事務所に泊まっていただきたい。……詳しくお話はできませんが、今夜一晩だけで構わないので」

「相変わらず、紳堂先生の仰ることは唐突で突飛」

しかし、仲香はそれを信用する。魔道のなんたるかを知るわけではないが、紳堂が尋常ならざる領域に生きる人間であることは理解しているのだ。

「いいわ。手毬も一緒でいいんでしょう？」

「仲香さんと手毬を引き離せるとは思っていませんよ。……まあ、手毬が今夜どう過ごすかは本人次第ですがね」

どこか含みのある響き。そして紳堂はポンとアキヲの頭に手を乗せて。

「僕は留守にしますが、代わりにアキヲくんを置いていきます。お店とは反対に、お茶のご用命はいつでもどうぞ」

「……そんなことだろうと思いました」

結局は留守番。それでも紳堂が自分を頼りにしてくれていることを嬉しく思うのはどうにも止められなかったから、アキヲはそれを気取られまいと少しだけ顔を伏せる。

「……ん」

と、珍しくこちらを見ていた手毬と目が合った。虎猫は「ふん」と小さく鼻を鳴らして、すぐにそっぽを向いてしまう。

(そうか。今夜一晩、手毬とも一緒なんだな)

手毬にしてみればいい迷惑かもしれない。これは紳堂の言う通り、今夜をどう過ごすのかは手毬次第。

(僕が寝てるところを前足で叩いたりはしないだろうけど……)

そう思うと、アキヲも苦笑いしてしまうのだった。

●

紳堂麗児の言うことやることには、ひとつひとつ意味があるとアキヲは思っている。それは時として表面上の意味合い以上のものであることも。

だから彼が言う「用心」も、もしかすると用心以上の意味を持つのではないか。そう考えたアキヲが不寝《ねず》の番を思いつくのは必然と言えた。

(さすがに眠いなあ……)

応接用のソファーの上で足を抱えるようにして天井を見上げる。テーブルの上に灯された小さなランプで本を読んでいたが、夜中も一時を回るとそれだけで時間を潰すことに難しさを感じてしまう。

（そもそも、何を待てばいいのかもよくわからないいんだよね）

紳堂が自分一人を残していく。それは文字通りの用心とは考えにくい。万が一にも化け猫が事務所を襲撃したら、アキヲなど何の役にも立たないだろう。

だとすると、その役目とは何か。もしかするとそれはアキヲに何かせよということではないのかもしれないと思った。

（僕がここにいることが、他の誰かに意味を成すということかな。……伸香さん？）

壁を隔てた隣、紳堂が泊まり込む時のために寝具を持ち込んでいる六畳間では、手毬を共にした伸香が眠っている。

（伸香さんを安心させるためかな、やっぱり）

もしもそれがアキヲの役目なら、伸香が眠ってしまっている時点で既に達せられているはずだ。

暗く静かな夜の時間に巡る思考。次第に緩やかに、曖昧になっていく。

（他に思い当たらないなあ……。眠くなってきたからかもしれないけど）

宵の内に固めた不寝の番の決心が、眠気によって揺らいでいる。もしや、アキヲがそうして頑張っているのを紳堂は見越しているのではないか？　そして明日の朝になったら何事もなかったかのように「起きていたのかい？　真面目だねえ」などと笑うのではないか。

（……ある。先生なら、ある）

想像に難くない。

（よし……仲香さんの様子を確かめて、何事もなさそうなら僕も寝よう）

決めて立ち上がり、隣の部屋の扉に手をかける。

起こしてしまってはいけない。息を殺し、身体を小さく……子猫のように縮めたアキヲはそっと扉を開けて隙間から中を覗く。

「失礼します……」

一応、眠っているところを覗き見るのを小声で断って。

六畳間の暗闇にカーテンの隙間から月明かりが差し込んでいる。満月だけあって、それだけでも部屋の様子をなんとなく窺えるくらいに仄明《ほのあか》るい。

（仲香さんは、寝てるか。これなら……えっ？）

最後の「えっ？」という部分を思わず口から漏らしかけて手で押さえる。月明かりの中、仲香の枕元にゆっくりと近づく影があったからだ。

（手毬……）

その虎猫も猫であるから、夜中に起き出していても不思議ではない。今夜は普段と違う寝床に連れてこられて、神経質になっていることも考えられる。

だが、手毬のその動きは明らかにおかしなもの。アキヲにはそう見えた。眠っている仲香の頭の上を何度も行き来し、時折ジッと寝顔を覗き込む。まるで本当に眠っているかどうか、深く眠って起きないかどうかを確かめるように。

アキヲが無言で見つめる中、手毬は次の行動を起こす。寝息を立てる仲香の肩にそっと寄り添ったかと思うと、その首筋にゆっくりと顔を近づけ……その口を開いたのだ。

「手毬っ」

思わず声を上げてしまった。ハッと振り返った翠色の目がアキヲを捉える。

闇の中、その目は月明かりを反射して妖しく輝いている。魔性を秘めた夜獣の目だ。

「……ッ」

それも一瞬。すぐさまクルリと向きを変えると、手毬はそのまま窓を押し開けて外へと飛び出して行く。

(手毬、まさか……っ)

仲香は深く眠っているらしく、起きる気配は無い。アキヲは僅かに躊躇《ちゅうちょ》したが、やがて「ええいっ」と吐き出すと帽子を頭に乗せて外へと駆け出す。

「……手毬っ!」

既に逃げ去ったものかと思っていたが、意外にも手毬は窓から飛び降りたその場所に座っていた。カフェー「虎猫」の店先をジッと見つめていたのだ。

追ってきたアキヲに振り向いて「ふん」と鼻を鳴らすと、手毬は地面を蹴る。

「あっ……」

アキヲも慌てて後を追う。神楽坂を駆け下りた手毬は、そのまま外堀沿いを市谷の方へ。

(手毬、なにをしようとしてたんだ……)

あの時、手毬は仲香の喉元に噛みつこうとしているようにも見えた。

……人を、飼い主を噛み殺すという化け猫のように。

(そんな、まさか手毬が……)

化け猫だというのか。多くの命を奪った殺戮者だというのか。

一度よぎった想像は、不吉な憶測に連鎖する。

猫は縄張り意識が強い。帝都の猫たちが化け猫を恐れて姿を隠したというのなら、最後まで逃げ隠れせずに堂々としている猫こそがその縄張りの主に他ならないではないか。

紳堂が手毬の前で今夜の決着を告げたのは、伸香に内盗での宣戦布告だったとも考えられる。だから正体を知られた手毬は、行きがけの駄賃に伸香を手に掛けて逃げようとしたのではないか。

（いや、違う……違う、そんなことはない！）

視界に手毬を捉えたまま、アキヲは走る。走りながら、その悪い想像を振り払う。小賢しい自分の考えを打ち消そうとする。

（伸香さんはあんなに手毬を大事にしていたじゃないか。手毬だって、手毬だってきっと……）

信じたかった。そっぽを向かれても、前足で「ぺしっ」と振り払われても、アキヲは手毬が好きなのだ。あんなに理不尽に嫌われてなお、嫌うことはできなかった。はっきりとした理由はアキヲにもわからない。だが、どこか通じるものを感じていたのだ。

「はあ、はあ、はあ……」

人気もなく、真っ暗な深夜の帝都。煌々《こうこう》と照る満月の輝きがなければとっくに手毬を見失っているだろう。

気が付くと外堀沿いを市ヶ谷《いちがや》門跡《もんあと》の前まで来ていた。すぐそこには市谷八幡《いちがやはちまん》。神楽坂はかつて牛込門があった場所の正面にあたるので、江戸城外堀に開かれていた門から門までの間を走ってきたことになる。

手毬は、その外堀にかかる市ヶ谷橋《いちがやばし》のたもとでアキヲを待っていた。

……そう。立ち止まり、こちらを見ながら待っていたのである。

(どういうことだろう……僕を、ここまで連れて来たかったたってこと?)

アキヲは知っている。猫がその気になって走れば並みの人間では追いつけない。ましてアキヲの足でここまでの距離を追って来られるはずがない。

何を考えているのか、何を狙っているのか。呼吸を整えながら慎重に近づく。

「手毬、お前は……あっ」

あと五歩のところまで近づいた瞬間、手毬の姿が消える。やはりそれまでは手を抜いていたのだとわかる俊敏な動きで、月明かりの届かない影の中へと駆け去って行った。

(まさか、僕をここまで連れ出して仲香さんを……?)

ハッとしたアキヲが思わず振り返ったその時。

辺り一面に、星が煌《きら》めいた。

「え……？」

星と見間違えたのも無理はない。暗闇の中に無数の小さな光が灯っていたのだ。それらが全て猫の目であるとアキヲが気付くまでに数秒。そして、それが尋常な数でないことに驚愕するまでさらに数秒を要した。

それは十秒近い時間をかけ、アキヲの目が真ん丸に見開かれていくほどの驚き。グルリと見回す周囲の至るところからこちらを見る猫たち。百や二百では到底追いつかないその数は、頭で理解してなお現実味を伴わない。

「な、こ、これは……っ」

脳裏によぎったのは、伸香の家を訪れた時に見た猫の群れ。だがあの時とは数がまるで違う。「多い」とか「沢山」などという次元ではない。「大量」とか「無数」とか、とにかくおびただしい数の猫が集まってアキヲを見ているのである。

そしてあの時と同じように、すぐ近くには手毬がいるはずだ。もう無関係とは思えない。一体、手毬は何者だというのだろう。

「っ……」

沈黙したままジッとこちらを見つめる猫たちに、アキヲは思わず身構えた。

これだけの数の猫。一斉に飛び掛かられたらひとたまりもない。

（いざとなったら全力で逃げるしか……）

だが、アキヲが想像したどんな展開とも違う事態が起きる。

「大人しく眠っているとは思わなかったけど、まさかここまで来るとはね……」

いつもと同じ声で。いつもと同じ足音を連れて。

猫の群れの間から紳堂麗児が現れたのだ。いつもと同じ、飄々《ひょうひょう》とした空気を纏って。

「先生！」

思わず駆け寄ると紳堂は苦笑する。本人は気づいていないが、この時アキヲは涙目になっていた。手毬を追いかけてきてからの緊張感が解かれたからだろう。

「あらまあ、さすがは紳堂先生のお弟子さん」

「いえ、この子は助手ですよ。……僕は弟子をとりません」

紳堂が訂正した相手は、アキヲも一度見たあの遊女風の女性だ。相変わらず艶やかな着物が、真夜中の街並みに異彩を放っている。

「一体、なにがどうなって……」

アキヲには全くわからなかった。紳堂の様子を見るかぎり、ここに集まった猫たちと敵対しているわけではないようだが。では、手毬は……？

アキヲがそれらの問いを投げかけるより先に「それ」がやってくる。

──ッッッッッ！──

「痛っ……な、これは……」

耳の奥にツンとした痛み。周辺の気圧が急激に下がっているのだ。

集まった猫たちも不快そうに呻き声を漏らし、紳堂は油断なく空を見上げる。

その視線の先、月が翳《かげ》った。

「……来る」

呟きとほぼ同時に巻き起こる突風。それは市ヶ谷橋の真ん中で渦を巻き、雲によって月明かりの中に生まれた影が引き寄せられていく。

「あれは……っ」

その禍々しさをアキヲも感じた。肌が粟立《あわだ》つような感覚。冬の夜気とは全く違った冷たさが足から背中へ這いのぼる。

影を集めた凶風《まがつかぜ》は、やがてそこに真っ黒なモノを産み落とす。蹲《うずくま》っていながら自動車ほどもある巨体。それはしばらくそこで体を揺すってから、むっくりと起き上がった。

「な、あ……あっ」

アキヲは言葉を失った。

四本足の分厚い肉球で橋の床板を踏み、黒に近い茶色の背中には波打つような金色の縞模様。爛々と輝く翠色の目は人間の頭ほどもあり、逆立てた毛は火の粉のような燐光《りんこう》を放っている。

虎か、あるいは獅子か。否、それは確かに猛獣だったが、紛れもなく猫であった。猫を途轍《とてつ》もなく大きく、そしてどうしようもなく禍々しく変じた怪猫《かいびょう》だ。

「あれは……一体……」

「Cath Palug《キャス・パリーグ》だよ、アキヲくん」

紳堂の口から出た聞き慣れない言葉に、アキヲはそのまま「キャスパリーグ？」と聞き返す。

「キャス・パリーグ。海を越えた遥か彼方、ブリテンの伝説に語られる幻獣。猫を憑《より》代《しろ》に顕現する妖魔の王さ。

……それにしても、ここまで大きくなるとは」

紳堂が先日遭遇した時はせいぜい二メートル程度の大きさだった。今やその倍以上にまで膨れ上がっている。

猫がその瞳に月を宿すのと同じく、怪猫キャス・パリーグもまた月の魔力でその力を増す。

なにより厄介なのは、最も力をつける満月の夜にしかその実体を捉えることができないということ。そのために紳堂は……紳堂たちは、この夜を待っていた。

「フシュウゥゥゥゥゥゥ……」

怪猫が生温かい息を吐く。冬の夜気で白く濁る瘴気《しょうき》に引き寄せられるように、巨体の周囲に小さな影が湧いて出た。

それもまた、猫だ。しかしその目に光は無く、おかしな角度に折れ曲がった足の先にはどす黒い炎が燃えている。

日本各地に伝わる妖怪・火車《かしゃ》。葬列を襲って死者を奪い去ると伝わるその妖猫は、キャス・パリーグによって殺され、魂魄《こんぱく》を食われたことで眷属にされた猫たちのなれの果て。

「アキヲくんには見せたくなかったんだ。妖魔とはいえキャス・パリーグも猫。そして、その毒牙にかかって妖物へ変えられた猫たちもあまりに憐《あわ》れだからね」

紳堂の言葉には心よりの憐憫《れんびん》が窺える。同時に、彼がアキヲをこの事件に関わらせなかった理由はまさしく言葉通りであることも。

怪猫に食われ、今や生きた屍となった猫たち。どす黒い血の涙を流しながら苦しみ喘ぐその様は地獄で悶える亡者のようだ。

彼らがまるで助けを求めているように見えて、アキヲは悲しげに表情を曇らせた。

「では、今までの事件はあの怪物が……」

「ああ。英国から持ち込まれたという猫が、何らかの要因で変じたのだろう。人を恨む化け猫じゃない。人間の世界そのものを蝕《むしば》む妖魔さ。

奴はその力を増すために猫と、それを飼う人間を襲った。作り出した眷属を従えて、帝都を自分の縄張りにするつもりだ。

……この帝都に奴が恐れる英雄の威光は届かない。これ以上の跳梁《ちょうりょう》を許せば、まさに帝都存亡の危機だよ」

アキヲの手前、紳堂はできるだけ力強い声音を心掛ける。小さな助手を必要以上に怖がらせないためだ。

だが彼が思っている以上に彼の助手は強く、逞しい。それはたとえ人間の庇護《ひご》がなくともしぶとく生きる街の野良猫に似て。

「では、紳堂先生が帝都を存亡の危機から救うんですね？」

「ん……ああ、そのつもりだ」

思わずその顔を見返した。さっきまで火車たちに心を痛めていたアキヲは、打って変わって強い瞳で紳堂の隣に立っている。

信じているのだ、紳堂麗児を。彼の言葉、彼の力、それらがきっと怪異を打ち払うと。

(参ったな……)

紳堂は目を逸らし、アキヲから表情が見えないように明後日の方を向いた。

不覚にも、照れてしまっている。

「紳堂先生、喜んでいる場合じゃございませんよ」

遊女風の女性に横から小突かれ、軽く咳払い。彼女の言う通り……。

「フゥウウゥゥゥゥ……」

キャス・パリーグは紳堂とその後ろに居並ぶ無数の猫たちを睨み、威嚇していた。

察知したのだ、それらが自分の敵であると。

気を取り直した紳堂は一歩進み出て、いつものように不敵な笑みを浮かべる。

「さて、いよいよだ。

だが、これは魔道に生きる猫の戦い。相手の頭目が猫であるなら、こちらの総大将もそれに見合う猫でなくてはね」

彼の言葉はそのまま、陣立《じんだ》ての主役を呼び込む口上であったのだろう。時機を計ったように猫の群れが割れる。

その奥から、ノッソリノッソリとやってくる者があった。

「あ……っ」

キャス・パリーグを目の当りにした時とは違い、恐怖の無い純然たる驚きにアキヲは息を呑む。

猫たちの間から現れたのは、二本足で立ったこれまた大きな猫。頭の天辺までは二メートルほどあろうか。厚みのある表情と恰幅の良い体格、そしてなにより肩から羽織った金刺繍《きんししゅう》のマントに威厳が漂っている。

その堂々たる姿に、アキヲは自然と。

「猫の王様だ……」

絵物語に見入る子供のように呟いていた。

「よく知っていること。……このお方は、遠い西の国からあの怪物を退治するためにお出でになった王様ですよ」

玉簪の彼女は、「邪魔になってはいけませんよ」とアキヲの肩を抱き、猫たちの列に加わる。なるほど、王様の往く道を邪魔してはいけないな、とアキヲは思った。

キャス・パリーグと対峙《たいじ》するように群れの先頭に立った猫の王。一見すると黒猫のようだったが、その胸元には逆三角の形に生えた白い毛が月明かりで輝いている。王の印であるかのようだ。

そして、紳堂麗児はその王の傍に恭《うやうや》しく片膝をついた。王たる者に騎士が示す礼だ。

「遥けき彼方より出でし賢獣の王よ。この地の輩《ともがら》を代表して参陣すること、何卒お許しいただきたい」

頭を垂れ、王に願い出る紳堂。猫の王は彼を見下ろし、その厚く柔らかな肉球でそっと肩に触れた。

「……許す。そなたの参陣はこの地の四本足全ての願い。二本足で魔道を往き、我が子らの信を集める得難き友よ、そなたを推したる者全ての名を汚さぬよう戦え」

重々しい声音には数百年の重み。

その声を、集まったすべての猫たちは神妙に聞いていた。彼こそ、世界中の猫から畏敬を以て崇められる猫妖精ケット・シーの王なのだ。

キャス・パリーグが猫を憑代にして顕現する怪異であるならば、ケット・シーは猫の姿をした神秘。その王は全ての猫の願いと希望を代行する。

だから王は、この極東の島国に降臨した。キャス・パリーグが最初の凶行に及んですぐ、遥か欧州の地から帝都の猫たちの願いに応えて。

そして戦った。二度目以降、怪猫が現れた現場に踏み込んで、その暴威を止めるべく。

その戦いは力と力の戦いだけではない。王はその名を以て帝都の猫たちに号令したのだ。「隠れよ、そして我が群れに加われ」と。

眷属を増やそうと目論むキャス・パリーグに狙われる前に、できるだけ多くの猫を自分の群れに招き入れた。その結果、あえなく怪猫の餌食となった者を除いたほとんどの猫が今や王の群れに加わっている。

……ただ一匹を除いて。

「ゆくぞ、我が子らよ」

王の号令に集まった帝都の猫たちが前へ進み出る。見れば、それは既に十数年を生きたと思しき大人の猫ばかり。

猫たちは王と紳堂に並ぶように「戦列」を作り、そして……立ち上がった。

「ええっ！」

これにはアキヲも声が出るのを堪えられない。怪猫や猫王のようにそれそのものが魔道の化身である猫とは違う、いつも街で見かけるような猫たちが後ろ足ですくっと立ち上がり、取り出した手ぬぐいを頭に被ったのだ。

手ぬぐいを被るといよいよ本調子らしい。後ろ足の具合を確かめながら、怪猫とその眷属たちに向かって身構えている。

彼らの中には、昔の足軽よろしく槍や刀を携えた者までいた。それも手ぬぐいと同じく彼らの主人の物だ。

怪猫に襲われ、主人だけは巻き込むまいと蔵や納屋へ逃げ込んだ。そこで猫王に救われて群れへと加わった時、意気込みとして持ち出したのだろう。慣れない手つきで、しかし必死に怪猫へ刃向わんとするその姿は健気すら感じさせる。

「驚くことはございませんよ。化け猫は昔から、人が使う手ぬぐいで二本足になるものです」

「それは、そう言われてますけど……」

しれっと言う玉簪ほどアキヲは平然としていられない。

そして、ここまで来るとなんとなく傍らの彼女の正体も読めてきた。

「あの……あなたは、まさか……」

恐る恐る振り向く。すると香の匂いを漂わせた彼女は「ホホホ」と笑って。

「勘の良い子。紳堂先生のおかげかしらね」

艶っぽく微笑む顔が、丸くてふわふわした猫のものに変わっていた。お気に入りの玉簪だけは、耳の間で器用に留めたままで。

化け猫たちのように手ぬぐいを被らずとも二本足で立ち、その身体は人間の形を保つ。そんな彼女の着物から、先が二つに分かれた長い尾が覗いていた。

化け猫よりもさらに妖物として長じた猫、猫又《ねこまた》だ。

「ホホホ……大丈夫よ、とって食ったりしないから」

「は、はあ……」

アキヲはもう、何が起こっても驚く気がしない。

目の前に広がる光景。そこには西洋の怪猫と猫王、人を脅かす妖猫、手ぬぐいを被った化け猫に、遊女に化けた猫又。

帝都の存亡を懸けたそこはまさに戦場。しかしアキヲの目には洋の東西を超越した猫のお祭りにすら映るのだ。

市ヶ谷橋で睨み合う二つの群れ。その戦端を、王が開く。

「ニ……イヤァオ！」

深く溜めて放った鳴き声が攻撃開始の合図。猫王と紳堂麗児が、沢山の化け猫たちを率いて怪猫へと突撃する。

それを迎え撃つように、キャス・パリーグの眷属となった火車たちが跳ね飛んだ。
ギ、ギィ、ギィ。もはや猫の鳴き声を上げることもできなくなった憐れな妖猫たち。
紳堂は帽子の中から一振りの刀を取り出すと、鞘《さや》から抜かずにそのまま打ち据える。

「……せっ！」

「ギャゥッッッ！」

地面へ叩きつけられ、苦しげにもがく火車。いかに冷徹な紳堂といえどこれを容赦なく斬り捨てることはできない。変わり果てた姿でも、元はこの帝都に住む猫なのだ。

「王よ、我らが討っべきは」

「……根源のみであるな」

素早く意思を通じ、王と騎士が火車の群れを駆け抜けて怪猫へと迫る。

「フゥウウウウ……シャァアアアアアアッッッ」

牙を剝いて襲い掛かるキャス・パリーグ。迫る前足を猫王が体ごとぶつかって受け止め、懐へもぐりこんだ紳堂がその白刃を一閃《いっせん》させる。

「グゥウウウウゥッッッ」

巨体がわずかに揺らぐ。しかし斬りつけた脇腹の傷はすぐに塞がってしまい、痛手を負わせるには至っていないようだ。

懸命に取っ組み合いながら猫王が助言する。

「それでは斃《たお》せぬ。実存の真たる部分を捉えよ」

「……御意」

とは言ったものの、難しい注文である。実存の真たる部分。つまりこの怪猫の巨体のほとんどは虚、実体ではないということなのだ。どこかにある真、言わば唯一の弱点を見抜いて攻撃しなければ退治することはできない。

しかし今宵は満月。怪猫の魔力が充塡《じゅうてん》され、最も潤う夜。紳堂の目を以てしてもその実体を完全に見極めることは難しい。ならば……。

「とにかく、叩くしかあるまい！」

元より紳堂一人では抗しきれない相手。大将である猫王が「存分にやれ」とその力を貸してくれているのだから、客将たる紳堂はただがむしゃらに励むのみである。

●

猫又遊女に促され、アキヲは紳堂たちの戦いを一歩離れた場所から見つめていた。

戦いの邪魔にならないように。そしてそれはアキヲだけではない。

「こんな小さな子たちまで……」

猫又が後ろへ下がらせたのは戦いに加わることのできない非力な者たち。若い牝猫《めすねこ》や身籠った母猫、病や怪我を抱えた猫、そして沢山の子猫。中にはアキヲの手のひらに乗ってしまうような赤ん坊猫もいる。

「目が開き、髭《ひげ》と肉球を備えたならば、それはもう立派に私たちの仲間」

この戦いは帝都の猫という猫がその力を結集して臨む一大決戦。直接戦うことができなくとも、群れの一員としてそこに加わることには確かに意味がある。

「いずれこの子らが大きくなった時、きっと今夜のことを思い出す。誇りとして語り継いでくれると思うと、ひと月の家出も悪くございませんわね」

堂々と話す遊女猫の他にも、料理屋のおかみさんのようないでたちや、小唄の師匠のような着物の猫又たちが戦えない猫を守っている。群れの一匹一匹に役目があるのだ。

だがそこへ、紳堂たちの攻囲をすり抜けた火車が跳ね飛んで来た。その数、十匹以上。

「いけない……ぼ、僕も何か力に」

「およしなさい。あなたにもしものことがあったら、紳堂先生に申し訳が立ちません」

思わず飛び出そうとするアキヲを押し留める遊女猫。

火車はアキヲたちを取り囲み、威嚇するように「ギィ、ギィ」と耳障りな音を立てた。子猫たちは怯えて身を竦めたが、遊女猫はあくまで胸を張る。

「近づけさせやしませんよ。あたしたちの身に代えてもね」

火車の前へ壁となって立ちはだかる猫又たち。

しばらく威嚇を繰り返していた火車たちもやがて焦れたように激しく喚き、遂に遊女猫めがけて飛び掛かった。

「危ないっ！」

我慢できずに声を上げるアキヲ。

その瞬間、視界の隅から飛んできた銀色の光が夜の闇を切り裂いた。その鋭い輝きに、アキヲは思わず目を閉じる。

「ギャッッッ！」

悲鳴は火車が上げたもの。だがそれを上げさせたのは猫又でも、ましてアキヲでもない。

「……あ」

目を開けたアキヲは、見た。

火車を撥《は》ね除《の》け、猫又たちの前に悠然と立つその後ろ姿を。

それは二本足で立った一匹の猫。左の肩にマントを掛け、右手には銀色に煌めく細剣。スウェプトヒルトと呼ばれる複雑な曲線を描く鍔《つば》の精巧な意匠は、その得物に浅からぬ年季と由緒を感じさせた。

猫又のように人間の姿ではない。しかし化け猫のように手ぬぐいを被ってもいない。その代わりに鍔広のマスケットハットを斜めに乗せて、鮮やかな羽根飾りを風になびかせている。

猫は本来、肉球で足音を立てることなく大地を踏むもの。だがその猫は違う。立ち上がった後ろ足をすっぽりと覆うロングブーツで、地面に「カツン」と靴音を鳴らす。

否、この場合それは長靴と呼ぶべきなのだろう。

響き渡った靴音に敵味方の視線が集まる。この靴音こそ彼女が受け継ぐ誇り。気高き騎士の証。そして、堂々たるその名は……。

「手毬っ！」

アキヲの声に、長靴をはいた虎猫はチラリと振り返る。てっきり、いつものように鬱陶《うっとう》しげな目を向けてくるのかと思いきや。

「へ……？」

アキヲの口から間の抜けた声が漏れる。手毬は笑っていたのだ。

口の端を上げてニヤリと笑う。まるでアキヲに己の姿を見せつけ「どうだ」と誇らんがばかりに。

「……フッ」

アキヲを呆《ほう》けさせたのも一瞬。手毬はマントを翻すと、疾風《はやて》の如き勢いで火車どもを打ち払う。銀色の剣先が閃《ひらめ》く度、細剣の腹で打ち据えられた火車は地面へ倒れ伏した。

「あらまあ、さすがは長靴のお嬢。美味しいところを持っていくこと」

「凄い……」

遊女猫のどこか呆れ混じりの感心も、手毬の華麗な立ち回りに見惚れるアキヲの耳には聞こえていない。

タン、タン、カッ、カッ。長靴の音も高らかな足運びは舞踏のよう。マントと尻尾をお供にクルリと回れば、一度に二匹の火車が仕留められた。

まさに鮮やか、まさしく美麗。しかし叩き伏せるだけでは、怪猫の眷属を完全に無力化することはできない。

「ギギ、ギィ、ギ、ギィ……」

ユラリと起き上がって、再び手足の炎を燃やす火車の群れ。手毬は涼しい顔でその前に立ちはだかっている。

キャス・パリーグが斃されるまで持ち堪えられるのだろうか……。加勢できないままにアキヲが抱く心配など手毬は構いもしないだろう。だがこの時、彼女に堂々と手を貸すことのできる人物が到来する。それは、アキヲたちの背後から。

「ここは、我が引き受けようぞ」

重く威厳に満ちたその声を、アキヲはつい三ヶ月ほど前に聞いた。

まさか、そんな。もう驚くことなどないだろうと思っていたアキヲは、想像すらしていなかったその登場に半ば驚き疲れたような声を漏らした。

「棟梁殿……どうしてここに」

彼は当然のように二本足で現れたが、スーツや羽織袴を着た壮年紳士の姿ではなかった。

狩衣に身を包んで人間のようないでたち。しかしその顔は狐、白い毛並を持つ大狐《おおぎつね》だ。大きな尻尾が堂々と夜風を受けている。

厳かに進み出た王子稲荷の棟梁狐は、獰猛に唸る火車たちを一瞥《いちべつ》すると「ぬん」とその右腕を振るう。

すると巻き起こる風が火車の手足に灯った炎を吹き消し、怪猫の眷属は地面の上でのたうち回った。

「元より、化け猫に二本足の歩き方を教え、術を授けたるは化け狐。帝都の危機とならば助太刀するに何の不思議もなし。……それに、紳堂先生とその御妻女ともなれば浅からぬ縁もある」

なるほど、猫にとって術の師匠とも言われる狐であれば力を貸すのも道理だろう。相変わらずの勘違いを訂正することも忘れてアキヲは感心していたが……。

「違いますわ、父上」

凜と響くその声に棟梁狐がビクリと震えた。尻尾の毛が逆立ち、ふんわりと膨らんでいる。

「その娘は紳堂先生の御妻女などではありません。

たまたま、偶然、何かの間違いで先生に気に入られて傍に侍ることを許されているだけの小童。娘なのに男のような身なりを命じられて喜んでいる子供です」

ひどい言われよう。アキヲもここは言い返すべきなのかもしれないが、それを遥かに上回る衝撃に「え？」と固まってしまっている。

アキヲを徹底的にこき下ろしたのは手毬だ。二本足で立つ猫なのだから、猫又のように人間の言葉を解するのは、まあわかる。アキヲも今更その程度のことでは驚かない。

肝心なのは、彼女が最初になんと言ったかだ。……確か、そう、「父上」と言った。王子稲荷の棟梁狐に向かって。関東稲荷総司の御遣いたる大狐に向かって。

「む……。こ、ここは我に任せ、紳堂先生をお助けするが良い。火車程度の炎を我ら狐は炎と呼ばぬ。王子稲荷、火防《ひよ》けの加護ぞあらん」

ぎこちなく眉を寄せて表情を作り、なんとか声音の威厳は保った棟梁狐。手毬は「まあ、よろしいでしょう」とすまし顔でマントを翻し、紳堂たちの方へと駆けて行った。

「……」

「……」

しばし、沈黙が下りる。まだ火車が起き上がれないでいる中、その沈黙に耐えられなくなったのはこの場で最も長く生き、最も高い格を持つはずの狐。

「そ、それにしても御妻女でなかったとは……勘違いを許されよ」

「いえ、きちんと訂正しなかったこちらも……というか、紳堂先生が悪いので、どうぞお気になさらず」

前方に視線を固定した棟梁狐の横顔をアキヲが見上げていた。そして。

「お嬢さんなんですか？　手毬は」

「ん……その、まあ」

白い毛並から脂汗がしみ出ている。いつの間にかアキヲのみならず猫又や他の猫たちの視線まで集めてしまい、棟梁狐はますます気まずそうだ。膨らんだ尻尾に、呑気な子猫たちがじゃれついていた。

（狐を父親に持つ猫は、化けるのも早いんだっけ）

本で読んだことがあった。普通、猫は十年から十五年以上を生きて化け猫となる。しかし父親が狐である場合、早い者で三年もあれば人語を解し、ほどなくして化けるのだという。言わば化け猫としての天賦の才。

とはいえ、狐と猫が公に結ばれることはまず無い。親しい種族同士でもそこは「道ならぬ恋」というもの。ものの本によると、ある村では夜毎に逢瀬を繰り返していた狐と猫が、仲間内の反発から逃れるために井戸へ身を投げて心中したこともあるとか。

ならば棟梁狐が言葉を濁し、手毬に対して気まずい思いを抱いているのはそのあたりの事情なのだろう。若殿の恋に気を揉んだのも、身につまされる思いがしたのかもしれない。

「……若気の至りというもので」

絞り出すように棟梁狐が白状する。遊女猫たちはそれで「やれやれ」と偉いお狐様の可愛らしい一面に呆れているが、アキヲは少し違う。

（若気の？　手毬、まだ生まれて十年くらいだよね）

棟梁狐はざっと数百年を生きているはず。十年前など、それこそ「つい最近」であろう。

（若殿も複雑だろうな）

紳堂と棟梁殿の仲が良いのも何となく頷ける。アキヲは、手毬の腹違いの兄にあたる若き狐に少しだけ同情した。

●

戦況は膠着《こうちゃく》している。

怪猫の眷属とはいえ、火車はそれほどの脅威たりえなかった。変わり果てた仲間を憐みながらも懸命に闘う化け猫たちの前に、キャス・パリーグの魔力に操られた妖猫は次々に取り押さえられていく。

だが、それらの中心は違う。市ヶ谷橋に渦巻く瘴気の根源、爪と牙を猛然と振るう妖魔の王は、並みの力では到底太刀打ちできない。

だからこそ並みではない者が立ち向かう。紳堂麗児と猫妖精ケット・シーの王は、互いに連携しながらキャス・パリーグをその場へ押し留めていた。

「フシュゥウウウウ、カーッ！」

「なんともしぶとい……っと」

大蛇の太さを持つ尻尾の薙《な》ぎ払《はら》いを紙一重で避ける紳堂。

「ぬっ……ナァウッ」

猫王は戦意を昂《たか》ぶらせる鳴き声と共に横腹を突いて飛び掛かり、暴れる怪猫を組み伏せんとする。

ここまで何度も紳堂は手にした刀で怪猫を斬りつけ、あるいは突き貫いた。

だが、その実体の真なる部分を捉えることができないでいる。爛々と輝く翠色の目すら、突き抉《えぐ》られて僅か数秒で元通りになってしまうのだ。

「見極められぬか、二本足の友よ」

「我が身の未熟なれば……」

あと少しのところ、最後の部分が見通せない。それもまた、妖魔の王が持つ怪異としての性質だ。

キャス・パリーグの攻撃はそのどれもが重く鋭い。紳堂のように避けるか、猫王のように同じ怪力で受け止めねば命は無い。化け猫たちも迂闊《うかつ》に踏み込むことができず、結果として二人と怪猫の戦いを取り巻くように見つめるだけ。

しかしここに新たな参戦者が現れた。その体を華麗にしならせ、長靴をはいた後ろ足にバネを利かせて滑り込む。

「紳堂先生！」

「手毬か！」

紳堂の足下で、手毬は左肩に羽織ったマントの中から単袋を取り出す。さらにその中から、一枚の鏡を紳堂に差し出した。

「やはり、これでしょう？」

「鏡？　……なるほど、ここは伝承に倣うべきか」

さすが、と微笑む紳堂に手毬は柔らかな笑顔を返した。先ほどアキヲに見せた得意げな笑みとはまるで違う、花も恥じらう乙女の笑顔だ。

手毬が両手で抱えるその大きな鏡も、紳堂には手鏡である。彼女の言わんとするところを察した紳堂は愛用の中折れ帽を取り、その中へ鏡を入れる。

「豊穣《ほうじょう》の豚より生まれし災禍の猫よ……。さあ、存分に惑うがいい！」

紳堂の帽子は魔道の入口。高らかに掲げた指を打ち鳴らすと、帽子の中に入れられた鏡が怪猫の眼前へと姿を現した。……何十倍もの大きさとなって。

「ツッッッ！」

元通りの大きさでは、怪猫の巨体に比してあまりにも小さい。

大きな姿見ほどになった鏡は禍々しき妖魔の王を映し出す。

キャス・パリーグは鏡に映った己の姿にその巨体を強張らせた。虚ろな実体を持つ妖魔は、己がどのような姿をしているかの自覚もない。

「フゥウウウウウッッッ」

なれば、目の前に現れた鏡像も、怪猫にとっては己が前に躍り出た一匹の敵としか認識されないのだ。

鏡へ向かって激しく威嚇するキャス・パリーグに紳堂が言い放つ。

「真を見せない虚ろの妖魔には、同じ虚像こそ似合いの相手だ」

さらに指を鳴らす紳堂。それを合図に今度は鏡がその数を増やす。十数枚の大きな鏡はキャス・パリーグの周囲をグルリと囲み、それぞれに怪猫の鏡像を作り出した。

「シャアアアアアアッッッッッ！」

猛《たけ》り狂《くる》えば狂った分だけ、自分を囲む巨獣も猛る。混乱した怪猫は、鉤《かぎ》のように曲がった大きな爪で襲い掛かった。

砕ける鏡、消える鏡像。だがそれも束の間、粉々になった鏡は寄り集まって復元される。ただの鏡ではない、紳堂麗児の作り出した魔道の産物だ。

「キィイイイイィッッッッ！」

先ほどまで戦っていた者どものことなど完全に忘れ去り、金切り声を上げて暴れるキャス・パリーグ。惑わされたその攻撃に鋭さはなく、言わば隙だらけ。

今こそ、まさに好機。

「先生。ひと時で構いません、あの目を潰してください」

「心得た。……王よ、その前足をお貸しあれ！」

手毬の言葉に頷いて、紳堂は怪猫の右側へ回り込む。猫王は「よかろう」と左側へ。

二人とも理解していた。今この場の主役が誰であるのかを。ひと月に渡る戦いに終止符を打つ役目が誰であるのかを。

元よりこれは帝都の猫こそが主役であるべき戦い。それを誰の目にも正しい形で決着するためならば、自分たちの役目が前座で終わることに何の異論があろう。

「せぁっ！」

「ニャオゥッ！」

裂帛《れっぱく》の気合が交差する。右からは若き美貌の人間が放つ斬撃、左からは峻厳《しゅんげん》なる猫王の繰り出す爪撃、それらは鏡像に惑わされる怪猫の両目を左右同時に斬り裂いた。

「ギィファアアアアッッ！」

混乱の中で視界を奪われ、悶えるキャス・パリーグ。巨体を激しく揺さぶると、助けを求めるように空を見上げる。

そこにある金色の輝き。満月から降り注ぐ魔性を帯びた光が、またしても怪猫の傷を塞いでいく。実体の真なる部分を捉えなければ、いかなる傷もこの光が癒す。

「ファアアアアアッッッ！」

雄叫びを上げ、完全に傷の癒えたその両目をカッと見開くキャス・パリーグ。

そこには、まさに真円を描く月。……そして、それを背に飛び上がった小さな獣。

「必ず、お前はこちらを向くと思っていたわ」

「ッッッ！」

見開いた翠色の目に映るのはマントを翻した一匹の猫。同じ色をした彼女の目は、満月によって地面に染め抜かれた怪猫の影を見下ろしていた。

虚ろな巨体によって落ちる影もまた虚ろ。だがその一点だけ、濃く強く染まった部分がある。

その影を落とす部分こそ、怪猫の実体。

「ニャアッ！」

怪猫の頭上から銀色の細剣を振り下ろす長靴をはいた虎猫。

気合は短く、動作は最小限。最短距離を走る白銀の煌めきは寸分違わずキャス・パリーグの眉間を斬り割った。

その剣撃、まさに一閃。

「ギャァアアアアアアアアアッッッッ！」

断末魔が大気を震わせる。遠巻きに見ていた化け猫たちも、そしてアキヲたちにもそれが怪猫の最期であるとわかった。

割られた眉間から真っ黒な煙を吹き出し、キャス・パリーグは橋の上へ倒れる。

カツン、と靴底を鳴らして着地した手毬。その後ろで煙を吹き出す怪猫の体はみるみる萎んでいき、やがてそこには一匹の猫の死体が残った。

それは妖魔の王の憑代とされた最初の犠牲者。そして紳堂には確かめなければならないことがある。

「……王よ」

これについては前もって伝えてある。改めて許しを確かめる紳堂に、猫王は深く頷いた。

「許す。この地にてかの妖魔が顕現するは奇怪にして不自然。その目にて検《あらた》めよ」

一礼し、紳堂はやせ細った猫の死体に歩み寄る。手を胸にあて、口の中で短くその死を悼《いた》む言葉を唱えてから、ぐったりと開かれたままの口へ指を差し入れた。

（僕の想像が正しければ……）

確かにその猫は英国生まれ。だが遠く海を渡ったこの日本でキャス・パリーグに化けるなど普通なら考えられないことだ。

何故ならこの国に怪猫のことを知る人間などほとんどいないのだから。いくら要素が揃おうとも、知られざる怪異が顕現することはない。

紳堂は当初、この猫が手毬の存在を察知したことで化けたのではないかと思った。彼女のように特異で、そして欧州の由緒正しき血を引く猫の存在は時として同じ欧州を起源とする怪異の因子を引き出してしまうことがある。

それならキャス・パリーグの縄張りが手毬の住処へ及んだ時点で何か特別な行動を起こすはずだ。しかし実際には何もなかった。

怪猫に襲われたのはその地域で広い縄張りを持つ猫たち。伸香に寄り添っているだけの手毬は、怪猫にとって取るに足らない一匹の猫だったのである。

手毬は無関係。ならば別の要因があるはず。この猫の体に妖魔の王を降ろした、もっと外的な要因が。

「っ！　これは……」

真っ黒な血に塗れた指が、猫の体内に残っていたそれを掴み出す。

磨き上げられた黒曜石の小さな玉。その表面に、模様とも文字ともつかないものが彫り込まれている。

紳堂麗児はその正体を知っていた。「模様とも文字ともつかない」というのはあくまで普通の人間の目に映る印象であり、魔道を往く青年はそれがなんであるかすぐに理解した。理解して……怒りを覚えたのだった。

「……」

その瞳に激情の炎が映ったのは一瞬のこと。紳堂は立ち上がり、再び王の前に片膝をつく。

「わかりました。此度のことは全て、悪しき魔道を遣う一本足によるものかと」

猫王は差し出された黒い石を手にとり、一瞥だけして紳堂に返す。

「あいわかった。……この始末、以後はそなたに任せよう。善き魔道を遣う二本足の友よ。そなたこそ、遥か東の島に生まれし至上の盟友《とも》なれば」

人間に対する最上級の賛辞を送り、猫王は振り返る。この戦いの決め手となったその猫に、今度は同族としての賛辞を与えねばならない。

「勇敢なる島国の子よ……。望むものあらば、我が名において叶えようぞ」

王の賞賛に、手毬は帽子を取ると紳堂と同じく膝をついて頭《こうべ》を垂れた。

しかし顔を上げた彼女は、気負いも緊張もなくその名誉を辞する言葉を述べたのである。

「私は母より受け継ぎし父祖の誇りを示したのみ。己がための望みなどありません。……もし願うこと許されますれば、我が主が幾久しく心安らかにあらんことを」

言いたいことを言いたいように言って立ち上がると、手毬はそのまま去って行った。

王への礼は欠かず、その名誉を主人に捧げて颯爽《さっそう》と去る。

これには、猫王も「むう」と唸って感心する他なかった。

●

怪猫が滅んだことで、魂を奪われて眷属とされていた火車たちも解放された。残されたのは亡骸だけだったが、これで彼らは安らかな眠りにつくことができるのだ。

傷んだ亡骸を猫たちは丁寧に整えてやる。そんな中、群れを離れて去っていく虎猫の後ろ姿をアキヲは見つめていた。

アキヲをここまで誘い出したかと思うと姿を消し、唐突に現れてその勇姿を見せつけ、今また一匹で去っていく。

その行動は、明らかに他の猫と一線を画するものだった。

「手毬……」

寂しげではない。あくまで堂々としたその後ろ姿は美しい。アキヲはこの時、手毬に見惚れていた。

「私も聞いた話だから、あまり無責任には話せないけれど……」

傍らに立った遊女猫が呟く。

「あのお嬢さんはね、母方に欧州貴族の血を引いているんですって。ずっと昔、知恵と勇気で主人を盛り立てた猫の子孫なんだそうですよ」

今まで半信半疑だった遊女猫も今やそれを疑いはしない。それだけの活躍をしてみせたのだ、手毬は。

「それに、王子稲荷のお狐様がお父上ときたら……そりゃあ、ねえ」

化け猫としては文句なしの血筋。生まれながらにして魔道の申し子と言ってもいい。

だが、遊女猫の「そりゃあ」には他の意味もある。

「他の猫がみんな主人の下を離れても、あのお嬢さんだけは最後までそれを断った。何があっても離れないと決めて、最後まで守り通した。

自分があの化け物に襲われたら……刺し違えてでも主人を守ったでしょうよ」

立派なこと。そう結んだ遊女猫の言葉にアキヲも頷く。

「すごいや、手毬」

東の空に薄ぼんやりと紫色の光が這い寄ってくる。もうすぐ夜明けを迎える帝都の街並みに、立ち止まることなく去っていく手毬の後ろ姿が映えていた。

●

篠崎アキヲの手記。

帝都を震撼《しんかん》させた「化け猫事件」はこうして幕を閉じる。

先生の手回しにより翌朝すぐに警察から事件の解決が発表され、全ての新聞が一面や号外で大々的に報じた。

勿論、犯人の正体をそのまま報せるわけにはいかない。この事件は実在しない狂人の手による猟奇《りょうき》犯罪とされた。

その犯人は猫を殺して皮を剝ぎ、化け猫に扮《ふん》して凶行に及んでいた。そして警察に追いつめられると油をかぶり、自ら火を点けて自害。全身が焼け焦げていて、どこの何者であるかもわからずじまい。

最後まで人々に不気味な印象を残したまま、記録上の事件も一応の決着をみる。

――『猫が人々の前から姿を消したことはまことに不思議である。しかし彼らが我々の知らない第六感とも呼ぶべき能力で危機を察知したと考えれば、そして自ら姿を消すことで主人に害が及ぶのを避けたとするならば、これは実に興味深く、また評価に値することと言える』――

これは、紳堂先生が大手新聞に寄稿した文章だ。動物学者ではない先生の論説は専門家の間で賛否両論だったが、家出していた猫たちが戻ってきたことと併せて帝都市民には大いに歓迎された。

ともあれ猫たちの名誉が守られたのはよいことだ。そこに新聞という大きな媒体を使うところが、実に先生らしい。

そう言えば、仲香さんから聞いた話についてもここに記しておく必要があるだろう。怪猫との戦いの夜に僕が見た、仲香さんの首筋に噛みつこうとしていた手毬のことである。

後で聞いたところ、実は手毬は時々人を噛むのだそうだ。

噛むと言っても牙を立てないように噛みつく甘噛みというやつで、それは特別に懐いている相手でなければしないこと。言わば、親愛の表れであるらしい。

だから手毬が噛む相手は仲香さんだけであり、それも大体は自宅でくつろいでいる時。仲香さん曰く、自分からの愛情を示すというよりは相手に甘えたい時にそれをしてくるそうで、「可愛いものよ」とのことだ。

これを聞いた時、僕はふたつの事実に気づいた。

ひとつは、いつも店先で澄ました顔をして怪猫との戦いですら凜としていた手毬も、やはりあれだけの強大な怪異との戦いに赴くのは怖かったんだろうということ。だから自分を奮い立たせる意味も込めて仲香さんを噛もうとしていたんじゃないか。

とすれば、僕は少し悪いことをしてしまった気もする。

だが、もうひとつの事実がそのちょっとした罪悪感を帳消しにしてくれた。

実は、僕は一度だけ手毬が仲香さん以外の人を噛むところを見たことがあるのだ。

仲香さんから話を聞くまでずっと忘れていたけれど、あれは僕が帝都にやってきて間もない頃のこと。

　僕が見ている前で、あの人を嚙んだのだ。

●

　その日、アキヲは手毬が座っているテーブルを選んだ。

「ねえ、手毬」

「……」

「ひとつだけ聞きたいんだけどさ」

「……」

「紳堂先生のこと、好きでしょ」

「っ……」

「ねえってば」

「……」

「もしかして……僕のこと、妬いてる？」

ぺしっ。

魔女

篠崎アキヲの手記。

その人の印象についてどのように説明すればいいだろう。

まず、整った顔立ちだと思う。どのような形容を用いるかは人それぞれだけど、とりあえず僕は「美しい」と表現していいと思っている。

異性の目を引きつけるのは勿論、同性にもきっと強い印象を与える美貌の持ち主であることは間違いない。顔のみならず、体つきというところまで含めても理想的なものを持っているのではないだろうか。

趣味的な人である。身に着けるものや使う道具など、ひとつひとつに強いこだわりを見せる。それがまた本人に似合うものばかりだから、人によっては小憎らしくすら感じられるようだ。

言葉の選び方や仕草もそれに含まれるだろう。どこか芝居がかっていながら上出来すぎて文句をつけられない。趣味も極めれば個性ということだろうか。

さらに性格が極端だ。自分の基準に照らして合致するものにはとことん入れ込み、合わないものには見向きもしない。そういう極端さが徹底されることによって、一種の信念とも呼べるものにまで昇華されている。

美しき魔道の徒。一言にまとめれば、きっとそうなる。

だが僕はそれを決して笑顔で語ることはないだろう。

何故ならば……、僕はその人のことが嫌いだからだ。

●

帝都・東京に咲く梅の花も盛りになり、もう少しすれば今度は桜の便りが届こうかという三月のある日。

そこでは春の麗らかさなど微塵《みじん》も感じられないほど冷徹で、そして怜悧《れいり》な会合が行われていた。

「説明を願おうか、木島くん」

広い応接間のソファーに腰掛けた紳堂麗児は分厚い革のクッションにゆったりと背中を預け、長い足を威圧的に組んで言った。

その目は問いを投げかけた相手……木島友之助を見ていない。ただ真正面、自分の真向かいに向けたままだ。

「この件に僕以外の人間が関係しているなど、聞いていない話だ」

「それは……父からの紹介で」

紳堂から見て右手、この場のホストとして一人掛けのソファーに座った木島は硬い声で答えた。その回答は想像の範疇《はんちゅう》であったらしく、紳堂は「そんなことだろうと思った」と言わんがばかりに小さく息を吐いた。

（ここまで機嫌の悪い先生は久しぶりだな……）

彼の背後に立って成り行きを見守っているアキヲは、むしろ紳堂にここまでの態度をとらせる相手に興味を惹かれていた。

アキヲから見ても正面、紳堂と同じように革張りのソファーに腰掛けた一人の女性。彼女がこの木島邸応接間に入って来た瞬間、先客であった紳堂の表情が一変したのである。

（こんな人なら先生はむしろ好み……いや、気に入ってそうなものだけど）

内心でも言葉は選ぶ。

美人だと思った。白い肌にゆったりとした量感のある黒髪。結ったり束ねたりせず肩にかかるままにしているのはこの時代の価値観からすると少々はしたないものに見えただろうが、彼女の場合はそれがどこか背徳的な魅力に転じている。

そうして流れるままに任せた髪が細い右目を半分ほど隠していた。左目の下には小さなほくろ。目の細さに対して唇に厚みを感じるのは濃い色の口紅のせいか。その唇が、目よりも視線を引きつける。

「きみはこの女のことを知っているのかな?」

この女。紳堂が女性に対して滅多に使わない言い方だ。木島が「その、多少……」と言いよどむ間に畳みかけるように言葉を繋ぐ。

「では僕から紹介しよう。淑城聖乃《としろきよの》伯爵夫人。淑城佐久路《さくじ》伯爵の本妻だが伯爵自身は京都に隠居している八十《やそ》路《じ》の御老体で、夫婦揃ったところは誰も見たことがないと専らの評判だ。

夜毎社交界に現れては老若男女を問わず口説き、誘惑し、寝床へ引きずり込んでその精を吸い尽くす魔性の女。……ああ、『老若男女』は誤りではないよ。相手の性別も年齢も問わないんだ。全く以て節操がない。

ご覧の通り見てくれはそこそこだし、なにより口が達者なものだからシンパが多くてね。彼女のために財を擲《なげう》って破滅した人間は一人や二人じゃないんだ。

そしてついた渾名《あだな》が『魔女』だよ。実によく似合っているだろう、狡猾で淫乱なところなど特に。ヴァチカンの異端審問官に告発したいくらいだ」

一寸の淀みもなく、紳堂は彼女……淑城聖乃を「紹介」した。それはそれは敵意に満ちた言葉で。そこに悪意を感じさせないのは、彼の主観が最低限しか織り交ぜられていないからだろう。

確かにアキヲから見ても聖乃からはその「魔性」がどことなく感じられる。先述した髪型や顔形もさることながら、細身でありながら女性らしい肉感を感じさせる肢体、さらにはその身体の曲線をくっきりと浮き立たせる黒の夜会服《ドレス》。

ひとつひとつが、貞淑を旨とするこの時代の女性観からすると破格の淫蕩《いんとう》さを感じさせる。しかしそれらが「淑城聖乃」という一人の人間に集約されることで確固たる価値観に組み込まれ、常識や良識をねじ伏せるほどの存在感を獲得しているのだ。

（……先生に言ったら怒られるかもしれないけど）

紳堂麗児に似ている。アキヲはそう感じた。論理的解釈というよりは直感に近いところで。

「父親の紹介と言ったが……気をつけた方がいい。きみの母親が健在な内はまだいいが、ある日突然この女を母と呼ばねばならなくなるかもしれない」

「え、あ……はあ」

木島はただポカンと口を開けるのみだった。その喩えが突飛なこともあるが、どうして紳堂がここまで目の前の婦人に敵対的なのかよくわからないのだ。それはアキヲも同じである。

すると、今まで黙って聞いていた淑城聖乃が「ふふふ」と小さく笑った。口元に添える手の形は芝居がかった美しさで、それもまた紳堂に通じるものがある。

「相変わらず容赦がないのね、紳堂先生」

少し低めの深みを感じさせる声。かといって老いた声ではなく、歌うような響きには軽やかさも感じられた。

そもそも彼女自身に年齢不詳なところがある。声だけでなくその外見、一見すると妙齢の美女といった印象なのだが、小首を傾げて紳堂に微笑みかけた瞬間は二十歳の娘にも四十路《よそじ》の熟女にも見えるのだ。

狡猾だの淫乱だの、失礼を通り越して侮辱的とも言える言葉を浴びせられながら、その微笑を少しも崩すことなく聖乃は紳堂に応える。

「紳堂先生からご紹介いただいたことは有り難いけれど、少々訂正させていただくわ。私と夫が一緒にいるところを見た人がほとんどいないのは、夫が人前に姿を見せたがらない性格だから。

にぎやかな席で出会った方を私が自らご招待してもてなしているのは事実ですけれど、それは博愛と信頼の精神について見込みのある方と語り合っているだけよ。

それが親密な関係に見えてしまうのは仕方のないことだから、あえて詳しく弁明はしません。でも、これは夫も了解していることだわ。

外見を褒められるのは女として喜ぶべきかしら。でも私個人に財を注ぐ方なんて一人もいなくてよ。それらは、帝都にいる私を窓口にして夫と交誼《こうぎ》を結ぼうとしている方々。

そして……今のヴァチカンに、魔女審判のできる審問官は残っていないわね」

紳堂の言葉ひとつひとつを丁寧に正していく聖乃の語り口はアキヲを唖然とさせた。あれだけの敵意ある言葉全てを、認識と解釈の違いという次元で言い替えてしまった。それでいて紳堂への対抗心を覗かせもしない。それは、いつもなら紳堂が収まるべき会話のポジションである。

言葉の節々に聡明さを感じさせる。しかし、彼女が清廉な淑女であるかと言えばそうではないらしい。

「貴女の言う『博愛と信頼』とは、腹上の相手と語り合うものなのかな?」

あえて丁寧に、そして言葉の中身は痛烈に切り返した紳堂に対し。

「あら……それこそ相手を愛し、かつ信頼していないとできないことだわ」

と少しも恥じることなく言ってのけるあたり、曲者度合も紳堂に匹敵しそうだ。

そして、紳堂の「紹介」の中でただひとつだけ。

(……『魔女』の部分は否定しないんだな)

アキヲの目に、淑城聖乃伯爵夫人はまさしく女性の姿をした紳堂麗児帝大助教授であるように映った。

美麗な容姿、刺激的でありながら整った印象、理路整然たる口ぶり、そして。

(木島さんの問題を解決するために来たってことは、もしかするとこの人も……)

紳堂麗児と同じく、魔道の徒であろう。

●

木島友之助の抱える問題。それは昨年、大正九年の暮れ頃から現れ始めた。だが実際の発端は十月頃であっただろう。

そう、紳堂麗児が早瀬美冬に憑いた妖狐・オサキを落とした頃だ。

「……こちらです」

元々華族の屋敷だったものを買い取ったという木島邸の蔵は大きく、分厚い鉄扉と重々しい閂《かんぬき》はそれに似合っている。

「オサキ憑き一人を囲うにしては、随分と贅沢だこと」

蔵を見上げた聖乃の呟きに、木島はせわしない手つきで鉄の錠前を外す。

明かり取りの窓も閉め切られた内部は暗いかと思いきや、各所に取り付けられたランプで思いのほか明るい。だがその中の光景を見たアキヲは思わず声を上げた。

「な……っ、なんですか、これは！」

蔵の一階、奥半分を太い木製の格子が区切っている。格子の向こう側には畳が敷かれ、調えられた最低限の家具。そして部屋の隅には排泄《はいせつ》用の甕《かめ》。

ひと目でわかる。それは座敷牢《ざしきろう》だ。

しかし、アキヲが声を上げたのはそこが座敷牢としてあつらえられていたからではない。

格子の向こう、座敷牢の片隅で項垂れるように座り込んだ一人の女性を見つけたたからだ。

しばらく手入れしていないのだろう、髪は艶を失って肌に張り付いている。最低限の衣服として与えられたと思しき襦袢は小奇麗なものだったが、その裾から覗く手足には薄らと、しかし確実にそれとわかる青痣が見えた。

それは手足だけではない。俯いていた彼女が人の気配に顔を上げると、髪の隙間から青く腫れた頬が覗く。

さらにアキヲを驚愕させたのは、彼女の右足につけられた鉄鎖だ。それもかなり太くて頑丈なもので、格子の外へ続いた先は地面に打ち込まれた杭《くい》に繋がれている。

「この人は……っ」

はっきりとわかった。以前、早瀬家の前に車で乗り付けた木島が連れていた女中だ。あの時にもどこか粗雑に扱われているように見えたが、こんなことになっていたなんて。アキヲは思わず拳を握り、木島に詰め寄った。

「どういうことです！　いくら狐憑きを発しているからって、こんな……動物みたいな扱いは！」

「っ、仕方ないだろう！　こうでもしなければ――」

「危険極まりないのね。あなた方にとって」

にわかに気色ばんだ木島の言葉は途中で聖乃に奪われた。何も言わずに格子の中を観察していた紳堂も同じ感想を持ったのだが、アキヲに配慮すべきかどうか考えている内に先を越されたようだ。

「狐を発して三月《みつき》も経てば、人の手に負えない暴れ方だってするでしょう？　下手に手を出して、怪我などしたくないものね」

「……怪我をさせたくも、ないだろうしね」

相変わらずジッと格子の中を見つめたままの紳堂がポツリと漏らした呟きに、聖乃はチラリとその視線を向けた。が、すぐにアキヲや木島の方へ向き直って「良い造りだわ」と座敷牢を褒めた。

一方、格子の中の女中はアキヲたちを見て怯えるように身を竦めている。一応アキヲや紳堂に見覚えくらいはあると思われたが、どうも今の彼女は相手が誰であるかは関係ないようだ。その視線も地面を這いまわっているから、「大勢の人間」という程度の認識しかできていないのかもしれない。

そんな女中の態度に、木島は「チッ」と舌打ちをしながら格子へ近づく。

「おい、こっちへ来い。お前の始末のためにわざわざ人を呼んだんだぞ。……昼間の内なら言っていることもわかるだろう！」

次第に声は大きく、荒くなる。明らかに苛立っていて、紳堂らの前であることを忘れたかのようだ。

しかし相変わらず女中は怯えるように身体を竦め、口の中で何事か呟いている。よく聞くとそれは「申し訳ありません」とか「旦那様」とかいう言葉のようだ。

「別に構わないよ。今すぐどうにかできるものでもない。日が沈んで、オサキ狐が表に出てからだ」

諫めるように鋭い声音を使う紳堂。木島もハッとして「す、すみません」と格子から離れる。彼に対する反感よりも、アキヲは女中に対する心配が先に立った。

(美冬さんよりも深刻だ……)

彼女自身も、そして彼女を取り巻く環境も。

特に主人である木島。言葉や態度の節々に女中に対する理不尽な苛立ちが見え隠れしている。

(こんなところに閉じ込めるなんて!)

アキヲは依然として怒りが収まらないのだが、そのトレードマークである大き目のキャスケット帽にポン、と紳堂の手が置かれた。

「あ……」

「昼間は大人しくしていると見てひとまず間違いないようだ。ここに僕たちがいては彼女にとっても良い影響がありそうにないから、一度出よう」

言って、促すようにまずアキヲの背を押した。

（先生……）

彼が言葉通りの理由だけでなく、おそらくはアキヲを思ってその提案をしてくれたのだとわかる。紳堂のさりげない優しさと、それを素直に理解できる自分であることがアキヲには少し嬉しい。

……尤も。

「お優しいこと」

言外の意図を察した上で皮肉っぽく呟く「魔女」もいるのだが。

●

木島友之助が紳堂麗児を頼った理由。それはあの女中が狐憑きを発したからだった。

その「症状」は昨秋に早瀬美冬が発したものとほぼ同じ。夜の間にしか出てこないことも、人間のものとは思えない挙動や怪力を発揮することも。そして、紅玉の如く光る目も。

「呪詛《じゅそ》返《がえ》しを受けたんだな。……と言っても、返したのは僕なんだが」

再び応接間。紳堂の見立てに反論する者はいなかった。アキヲや木島は勿論、聖乃も。

「症状や時期から鑑みても、早瀬美冬嬢に憑いていたオサキ狐だ。美冬さんから落とされたオサキが術者である彼女に返り、制御不能に陥ったのだろう」

「では……美冬さんにオサキを差し向けたのはあの人だと？」

アキヲの問いに「ああ」と頷く紳堂。聖乃を一瞥し、特に異論なしであるということを確認して続ける。

「人を呪わば穴ふたつ……。呪詛は呪詛返しという脅威と隣り合わせだ。呪詛返しと言っても、何も特別に術を仕掛ける必要はない。一度成立した呪詛を維持する手順を間違えたり、何かの拍子に相手が呪詛の対象たる条件を失ったり、今回のようにただ相手から追い出されるだけでも呪詛は返る」

応接間をゆっくりと歩きつつ説明する紳堂の目は、定期的に聖乃に視線を送っていた。彼女の反応を確かめていたのだが、その度に彼の視線は魔女の視線によって受け止められる。聖乃はずっと紳堂を見ていたのだ。

だがここで、別の人物から待ったがかかった。

「ま、待っていただきたい。……呪詛だなんて、あの女にそんなことができるとはとても思えない」

木島だった。女中に対して「あの女」呼ばわりはまたアキヲを不愉快にさせるのだが、紳堂は意に介していないようだ。彼自身、ついさっきここで聖乃を「あの女」呼ばわりしていたからかもしれないが。

「僕も同じだよ、木島くん。一昨日、きみからの相談を受けて彼女の身辺について調べたが、ある一点を除いて彼女に呪詛の素養は見当たらなかった」

「……ある、一点？」

腰かけたソファーから不安げな視線を向ける木島に、紳堂は「ああ」と頷く。

「彼女の出身だ。実家が秩父《ちちぶ》にあるとのことだが、間違いないかな？」

「ええ……以前、訪ねたことがあります。両親もあの辺りの生まれだと」

木島が僅かに言い淀むそぶりを見せたのもさることながら、アキヲは別の点が気になって手帳に書きつけておいた。

(何をしに訪ねたんだろう……女中の実家を)

アキヲとて富裕層における労使の関係に詳しいわけではないが、何か引っかかる。

「なるほどね。あの娘、オサキ持ちの血筋というわけ」

「オサキ持ち……？」

得心がいったとばかりに手を打つ聖乃。前もって紳堂から聞かされていたアキヲは、聞き慣れない言葉に首を傾げる木島に説明した。

「オサキ狐は特定の血筋や家柄に憑くと言われていて、その血筋の人間は訓練するとオサキ狐を操れるようになります。……で、秩父にはそのオサキ持ちが住む地域がいくつかあるんです」

「あ、そうなのか……」

今までただのお供の子だと思っていたアキヲの丁寧な説明に、木島は少々間の抜けた顔で頷いた。見栄を張って大きな態度をとらないあたり、根は素直なのかもしれない。……目の前で飛び交う摩訶不思議の知識に困惑していることもあるが。

だがここで、紳堂麗児は飛び交うものを知識から別の物へと変えた。スッと細めた目の、鋭い視線と共に。

「……淑城夫人」

「なにかしら？」

「彼女がオサキ持ちの血筋であることに納得がいったような顔をしているが……。

あなたはもっと早く、この屋敷を訪れるよりも前に彼女の憑きものがオサキであるとわかっていたんじゃないのか？」

紳堂が突きつけた問いは、アキヲと木島の視線まで集める。一方の聖乃は平然としたもので。

「あら、それはどういう意味かしら？」

「さっき土蔵へ入る時だ。まだあの娘の様子すら見ていないのに、貴女は『オサキ憑きには贅沢だ』と言った」

まだ、伯爵夫人の表情は変わらない。

「木島くんと貴女に面識が無かったのは明白。彼の父上から大まかな話を聞いたとしても、それだけでオサキ狐の仕業と断定するのは明らかに不自然と言える」

「……その理由は？」

「本来、東京……江戸にオサキ狐が入り込むことは無いからさ。

関東稲荷総司が鎮護する江戸には、オサキ狐のような卑しく劣った邪道狐は踏み入ることができない。

方法があるとすればオサキ持ちが隠して持ち込むことだが、訓練を受けたオサキ持ちはそれがどれほど危険なことか知っているから、そんなことはしないはずだ。

なにしろ、関東稲荷総司の怒りに触れればただでは済まないからね」

それこそが、美冬の事件の折に紳堂が言った「帝都における魔道的な法則の異常事態」である。

そして「異常事態」は自然の状態では起こりえない。何かしら異常を引き起こす要因がある。それは魔道においても同じだ。

「彼女の家はオサキ持ちの血筋だが、実家のある集落でのオサキ信仰はほぼ途絶えた状態らしい。つまり、あの娘は自分にオサキ持ちの力があることすら知らなかった可能性が高い。だから呪詛返しに対する備えもなく、今や自分に返ったオサキに翻弄されている。だとすると――」

紳堂の目が、聖乃を見る。否、睨むと言った方が正しい眼光。

「彼女にオサキ狐の扱い方を吹き込んだ人間がいる。

……妬ましい相手を呪詛してしまえ、と」

ここで、魔女から穏やかな微笑が消えた。

だがそれは彼女の顔から笑みが消えたという意味ではない。それまで穏やかだったその微笑みが、淫靡さと貪欲さを感じさせる魔性の笑みへと変じたのである。

「結構なお話。……回りくどいのはやめにして、仰りたいことをはっきりと仰ったらいかが？」

瞳に、挑戦的な光が宿る。そしてアキヲはこの時気づいた。

（この人、最初から……）

紳堂の方が一方的に攻撃的な態度をとっているのだと思っていた。それを微笑んで受け流す聖乃の方が、同じく妖しげな人物であっても理性的なのだと。

それは違う。彼女もまた最初から紳堂を敵視し、また彼の敵意をどこか面白いもののように受け止めていたのだ。

紳堂はそれを堂々と示していただけ。聖乃はそれを腹の内に隠していただけ。

「では、申し上げようか――」

紳堂の語気が強まる。わずかにおいたその間で、その場全員の意識を自分に向けさせて。

「貴女だよ、淑城伯爵夫人。

そうでなければ説明がつかないだろう？　あの娘の奇行の原因がオサキ狐だと最初から知っていたことも、頼まれたからというだけで特に縁があるわけでもない木島家までわざわざやってきたことも。

それともアレかな？　木島くんの父上とも、博愛と信頼について語り合ったというわけかな？」

薄く笑いながら「それだったら疑いも薄まるが」と最大級の皮肉を混ぜた。

そしてここに至り、アキヲも聖乃に対する紳堂の敵対姿勢の正体を知る。

「ええ、その通りよ」

言い逃れも弁明もなく、それどころか微塵も悪びれた様子を見せずにしれっと答えた淑城聖乃。笑みを翳らせることなく、声音を揺るがすこともない彼女から感じる、うすら寒いその気配。

「せっかくいいものを持っているのに気づいていないようだったから、教えてあげたの。妬ましい相手を困らせるのにもってこいだと、ね」

最後の「ね」で首まで傾げてみせる。それは悪党の開き直りとも違うもの。

（これは、なんだ……）

脅かされているわけでも、迫られているわけでもない。なのにその笑顔にアキヲは背すじが寒くなる。同時に腹の底で何かが湧き立つのも感じるのだ。

（この人は、なんなんだ……）

その感覚にまだ名前がつかない。手帳に書きつける言葉が見当たらない。

鉛筆の先が、震える。

「どういうことだっ！」

そしてこの時、最も一般的な反応を示したのは木島青年だった。

立ち上がった勢いもそのままに聖乃に迫り、摑みかかろうとして……踏み止まる。

振り返った彼女の夜会服、その胸元が大きく開いていたからではない。女性に対し手を上げることを彼の理性が辛うじて踏み止まらせたのだ。

「っ……紳堂先生の言ったことは本当ですか、夫人」

「だからそうお答えしたわ。私が、あの娘にオサキ狐の遣い方を教えた。あの娘はそれを使った結果、オサキを返されてあんな有様になった。

……まとめて差し上げたけれど、まだ何かわからないことがおあり？」

「な……っ」

聖乃の答えがあまりに平然としていて、木島は開いた口が塞がらない。

これには、アキヲも思わず口を挟んだ。

「……どうしてそんなことを。

訓練を受けていない人間がオサキ狐を上手く扱えるはずが――」

「ないでしょうね」

向けられた視線に身体が強張る。あの感覚、名前が浮かばない嫌な感覚だ。

「あら、それで私の責任を追及するつもり？　私はただ、可哀想な下働きに自分の望みを叶える機会を与えたのよ？　それが失敗したからと言って、全ての責任が私にあると言えて？」

それには、少なくともアキヲは反論する術を持たなかった。あの女中が聖乃に唆されてオサキ狐を遣ったのだとしても、遣ったのは紛れもなく本人の意思なのだから。

確かに、最終的な責任までを聖乃に問うのは正しくないのかもしれない。

「でもあなたは最初から、彼女がオサキ狐を上手く扱えるはずがないと思っていた」

「そうね。今、そう言ったわ」

「だったら――」

「もう十分だ！」

拳を震わせ、木島青年が声を荒らげる。問い詰められているはずの聖乃が全く動じず、我慢ができなくなったようだ。

「夫人、あなたのせいで僕が……当家が大きな迷惑を被っているのは紛れもない事実でしょう！」

「そのように解釈していただいて結構よ。……でも木島さん、よく考えてごらんなさい」

糾弾しようとしているはずの木島に対し、聖乃の方が一歩進み出た。

互いにあと半歩という距離まで詰め寄ると、動物性のものと思しき香水の匂いが漂う。それは極至近まで近寄らなければ感じられないよう周到に計算された匂いで、翻せば彼女が相手を魅了せんとする時にはその距離まで引き入れるということを意味する。その意図は、極めて不埒だ。

濃密で蠱惑的《こわくてき》な香りに思わず息を呑む木島。その目を上目遣いに覗き込んで聖乃はゆっくりと唇を動かす。

「ならばどうして、私はわざわざここへ来たのかしら？」

「それは……」

「簡単よ。後始末をするために決まっているわ。

あの娘にオサキ狐の遣い方を教えたのは私。当然、しくじった時の対処法も心得ている。

自分に全く責任が無いとは思っていないの。だから私に任せていただければ、きちんと始末をつけさせていただくわよ？」

「む、う……」

香りと、視線と、唇と、言葉。

相手を魅了する聖乃の武器に絡め取られ、木島はたじろぎながら後ろへ下がろうとする。

その獲物を香りの領域から逃すまいと、魔女がその手を伸ばした。その時だ。

「この話を先に受けたのは僕なんだが？」

斬りつけるように飛んで来た紳堂の言葉で、聖乃の動きがほんの僅かに鈍る。同時に我に返った木島はその魔性の香りから逃れ、襟元をただしながら咳払いした。

「少し気分が悪い……。申し訳ないが、しばらく休ませていただく。この部屋と庭、あと広間は自由に使っていただいて構わない。何か必要なら、人を呼んでください。……失礼」

足早に応接間を出て行く木島。聖乃の発する毒気に危険なものを感じたようだが、必ずしもそこから逃れることができたわけではないだろう。本物の魔性というものは、一度触れればそこから確実に染み込む。

「残念。もう少しで私に任せていただけると思ったのに」

肩を竦めて見せる聖乃を、アキヲはジッと見ていた。

「あら坊や。まだ何か御用？」

「ええ……先ほど、訊きそびれたことで」

こうして真っ向からアキヲが再度質問をぶつけてくるのは予想外だったのか、聖乃は「ふうん」と含み笑いする。

ソファーに腰掛け、長い足を悠然と組みながら「どうぞ」と促した。

「……続きになります。あなたは、オサキ狐が返ることも十分に予想していた」

「ええ、そうよ」

正直、アキヲはこうして質問することに躊躇を覚えていた。聖乃がただならぬ相手であることは今しがた目にした通り。そんな相手に自ら問答を挑もうというのだから。

しかし紳堂がそれを黙って許している。彼が背後にいる限りは安心と、心の中で自分に言い聞かせた。

そうやって自身を奮い立たせてでも、問い質したいことがあるのだ。

「仮にオサキ狐が返らなくとも、その能力は極めて危ういもの。現にあのオサキ狐を差し向けられたお嬢さんの症状は不安定なものでした」

これは紳堂からの受け売りだ。女中の身元を確認した際に彼女が未熟な、素人同然のオサキ持ちであることは容易に想像できた。それと同時に、美冬が発した狐憑きの不安定さが説明されたのだ。

特にその一貫性の無さ。当然だろう、遣う本人が素人だから明確な「度合」というものが定まらない。とにかく災禍を、と差し向けられたオサキ狐は早瀬美冬という獲物に馴染みながら次第にその効力を強めていった。

呪詛といえど、向けられる妬みに応じた限度というものがある。だが美冬に憑き、今また持ち主である女中に返ったあのオサキ狐にはそれが無いのである。

「それがどれだけ危険なことか……あなたはそれがわかる方だとお見受けします。だからこそ、わからない。単に恨み辛みに手を貸すというのならまだしも、不安定な憑きものを放つような真似をどうして――」

「面白いじゃない」

真っ直ぐにアキヲを見ながら聖乃は言い放った。深みのある、その笑みを浮かべて。

「ッ……」

またこの感覚。背すじは冷たく、腹の底は熱い。そしてアキヲには、徐々にその正体がわかりかけていた。

美貌の伯爵夫人から感じるこのうすら寒い感覚と、同時に自分の奥底で沸き立つ感情の正体。

濃い色の口紅が引かれたその唇から紡がれる言葉に潜むもの。

「あの娘はね、主人である木島さんに懸想していたの。

でも木島さんは良家の御令嬢たちに熱を上げてろくに見向きもしない。悔しかったでしょうね、妬ましかったでしょうね。そしてなにより……情けなかったでしょうね。

男を振り向かせる魅力も、他の女を出し抜く器量も無い自分が」

聖乃は歌う。暗い感情の歌を。全く不似合いな、艶やかで柔らかな声で。

「だから、教えてあげた。妬ましい女を苦しめる術を。

ふふふ、本当に面白いわ。

屈託のない妬みに魔道をひとつ添えただけで立派な火種になるのよ？」

「ッ！　あなたは……」

それが、聖乃の意図。

彼女はただ、自らの楽しみのために災禍の種を蒔《ま》く。それが誰を不幸にしようとも、誰を苛もうとも、あるいはその命を奪ったとしても構わない。否、むしろそうやって災禍が広がることを望んでいる。あまつさえそれを、「面白い」と言う。

彼女の言葉が無邪気な童女のものであるならば、アキナはその育ちを嘆き更生を願っただろう。

だが、そうではない。聖乃は己の望みが悪とされるものであると知りながらそれを求め、望む。

悪とされること自体に愉悦を、恍惚《こうこつ》を感じるからこそそれを「面白い」と言い切る。その感性、品性、根本的な性《さが》とも言うべきもの。

アキヲにもはっきりとわかった。

淑城聖乃から感じるこのうすら寒い感覚こそ純然たる「悪意」。全てのものに凶を為さんとする黒い意思。聖乃の場合、その全てが黒であるがために悪意の形すら定かにならない。あるいは、彼女自身が悪意の化身にも思える。

「怖い顔。先生そっくりよ、あなた」

聖乃に指摘され、初めてアキヲは自分が彼女を睨みつけていたことに気づく。そして、彼女の言う「そっくり」という意味も。

紳堂が聖乃に対して見せる敵対心。アキヲの腹の底で沸き立つのもこれと同じ感情。悪意に対する敵意。独善的な言い方をすればそれは「正義」と名付けられるだろうか。

「っ……」

「そこまででいいよ、アキヲくん。あまりその女の毒に触れるものじゃない」

ややもすると聖乃に引き込まれそうになっていたアキヲを制し、なりゆきを見守っていた紳堂は聖乃と向かい合って腰かける。

「この子に貴女がどういう人間かを実感してもらおうと思って見ていたんだが……、まだ早すぎたな」

「あら、そうでもないわ。年頃としては私の好みを逸脱しないもの」

聖乃の軽口は無視して、紳堂は上体を前に出す。悠然とソファーに背中を預けている聖乃と真っ向から相対した。

「貴女が木島くんに言ったような責任を果たすために現れるなど、僕は信じない」

「そうね、どちらかと言えばあなたに会うためかもしれないわ」

その言葉の虚実すら定かではないが、聖乃の人間性からすればそちらの方がしっくりくる。

「……でも、あの娘の始末をつけてあげようというのは本当よ。もう十分に働いてもらったもの。……こうして、先生と御一緒するために」

どこまで本気なのか、どこまでを想定してその悪意を巡らせているのか。アキヲはそれを見極めようとしていたが、紳堂の方は逆にそんなことどうでもいいと言わんばかりに「そうか」とそっけなく切り捨てた。

「ならばお帰り願おうか。

そもそも、自分で蒔いた種の火消しをして責任が果たせるというものではないだろう。彼女のオサキ狐は僕が落とす。

なにより……女中の心配をする主人の手助けなど、貴女には似合わない」

紳堂のこの言葉に、アキヲと聖乃は同時に反応した。どちらも「心配」という言葉にだ。

（木島さんが、あの人を心配？）

アキヲが内心で首を傾げたその疑問。聖乃は「ふふふ」と笑い飛ばした。

「紳堂先生ともあろう方が、随分とお優しい見方をしているのね。

木島さんがあの娘を心配してあなたに相談してきたと？　建前を真に受けていらっしゃるとも思えないけれど」

「いや、これでもきちんと見極めているつもりさ。そうでなければ、僕は彼女のオサキ狐を放置したかもしれない」

紳堂の言うことは酷薄に見えて、聖乃のような悪意とは一線を画するものであることをアキヲは知っている。

紳堂麗児は時として冷徹であるが、それは淑城聖乃の悪意とは区別されるべきものだ。何故なら冷徹とは一定の基準に従って常に公正たらんとするからこそ生じる鉄の意思であるのに対し、悪意はひたすら負の方向へ作用せんとする暗黒の意思であるから。

　そうするべき理由が無ければ紳堂は助けないし、理由があれば相応に捌く。

対して、良いものを引きずり落とし、悪いものはさらに奥底へ引きずり込むのが聖乃。ただ「面白い」という一言だけで、彼女はどんな人間を不幸にすることも厭《いと》わない。

　だから彼女は、あくまで木島の善意を主張する紳堂に「まさか」と皮肉っぽく微笑む。

「あの土蔵をご覧になったでしょう？　オサキが手に負えないからと言って、あんな鎖で繋いで閉じ込めるなんて」

「本当にただ繋いでおくだけなら座敷牢にする必要は無い筈だ。牢屋と違い、座敷牢はそこで寝起きする人間に便宜をはかるためのものだからね」

　座敷牢は元々、冷たく住みづらい牢屋へ入れることが憚られる人間を軟禁するために使われるものである。

　この国で言えば、古くは乱心した武家の当主であるとか、高い身分の家に生まれて表に出すことのできない私生児であるとか、そういった「訳ありだがぞんざいに扱えない者」を閉じ込めておくことがほとんど。

「では先生……木島さんは、彼女を思いやって座敷牢をあつらえたと？」

アキヲの質問に「ああ」と答え、紳堂はゆっくりとソファーにもたれかかる。長い足が得意げに組まれた。

「扱いに困っているだけなら、暇を出して実家に送り返せばそれで済む。アキヲくんも見ただろう？　彼は外出先へも彼女を連れて行き、常に傍に置いていた。彼なりに思い入れがあるんだよ」

「それは……」

本来なら「確かに」と頷くべきところなのだろうが、アキヲにはそれができない。何故なら早瀬邸の前で彼女を見かけた時、その頬に浮かぶ痣を目撃していたからだ。

そして聖乃は、図らずもアキヲに近い反論を持っていた。

「紳堂先生、前より少し甘くなったんじゃないかしら。その坊やの前だから？」

旧知の魔女は指摘する。それは、温《ぬる》い考えだと。

「座敷牢をあつらえるのは、閉じ込められる人間のためだけではないわ。例えば、そこへ通う人間が快適であるためでもあるでしょう？

そうね……昼間は大人しいあの女中に折檻《せっかん》したがる主人、とか」

本来そんな意味を持たない「折檻」という言葉に、湿度の高い吐息が絡みついている。平然とする紳堂の横のアキヲが思わずドキリとする淫靡さだ。

「あの娘、見られないほどの器量ではないし……なによりお尻から太ももにかけての肉づきにそそるものがあるわ。ねえ？」

「……えっ？」

突然水を向けられ、アキヲは目を瞬かせる。聖乃にからかわれているのだと気付いた時には、意地悪な魔女はコロコロと笑っていた。

「狐憑きに苛立って折檻をするだけでは物足りないから、あの畳の上へ組み敷いて苛めているのよ。……いえ、狐だから四つん這いかしら？

表向きは使用人にして病人、余所に妾《めかけ》を囲うより手軽だし安上がりだわ。思い入れと言うなら、捨てるには惜しいといったところかしらね」

そして聖乃は、先ほど紳堂がしていたように上体を乗り出して言った。

「賭けてもいい。たとえオサキを落としても、木島さんはあの娘を蔵から出さない。あのまま繋いでおくに違いないと、ね」

「そんな、動物みたいに……」

「動物じゃないわ、坊や。……玩具《おもちゃ》よ。肉でできた、柔らかくて温かな玩具」

「ッ……それは……」

聖乃の言葉に不快を感じながら、アキヲは彼女の言葉を否定しきれない。

断片的とはいえ、これまで木島が彼女に示してきた態度を鑑みれば紳堂の言う「思いやり」より聖乃の言う「支配欲」の方が正しく見える。

すると紳堂は「ふう」と短く息を吐いて。

「夫人……貴女は誰彼構わず災禍の種を蒔くが、そのくせ自分以外の人間に全く興味を抱かない。

もしあるとすればそれは人間そのものではなく、愛でるに値する才能か、さもなくば災禍の苗床となる情動だけだ」

「……」

魔女は笑顔のまま。しかしアキヲにはその頬の曲線が僅かに固まったように見えた。

そんな彼女に、紳堂は真っ直ぐな視線を向けて。

「魔道は人道、だよ。夫人。

これは旧知としての忠告だ。もっと人間を見ないと、魔道を見失うことになる。

見失ったまま魔道に触れれば、それは貴女を食い殺すだろう」

それは、紳堂が今日初めて聖乃に見せる敵対心以外の表情だった。同じ魔道の徒としての真摯な忠告。相手が自分にとって敵と見なすべき者であっても決して失わざるべき、人としての一線。

だが、魔性の伯爵夫人はそれを「ふっ」と一笑に付した。

「魔道は人道……相変わらず、下らない戯言だわ。

私が人間を見ていないと言うなら、それはあなたも同じことよ、紳堂先生」

言いながら、アキヲにチラリと視線を向ける。その目の言わんとするところは紳堂にも伝わったようだが、彼はそれを「ふっ」と聖乃がしたように笑って。

「僕は、これでもかというほど人間にまみれているつもりさ」

その、爽やかすぎるほど爽やかな笑みが聖乃の毒気を跳ね返す。

「……」

魔女は、その顔に笑みを絶やすことなく黙り込んだ。

●

「僕が木島くんに肩入れするのは不思議かい？」

木島邸の庭を散策しながら紳堂が呟いた言葉に、アキヲは彼の顔を見上げて「はい」と答えた。

「見解だけなら、僕は伯爵夫人の方が正しいと思います」

明瞭である。それでいて「見解だけなら」と付け加えるところが紳堂麗児の助手らしい。淑城聖乃という個人を支持するわけではない、ということだ。

「……僕は美冬さんのお宅の前で木島さんたちと会った時、彼女の頬に痣があるのを見ました。もしかすると、他にもあったのかもしれません」

「僕も見たよ。木島くんの彼女に対する扱いはお世辞にも良いものには見えなかった」

木島邸の庭は結構な広さがある。大きな池には鯉が泳いでおり、枝ぶりの良い松はおそらくここが華族の持ち物であった頃からのものだろう。

その松の向こうに見える蔵の屋根。今もその中に繋がれている女中のことを思うとアキヲの表情も曇る。

「そうなると夫人の見立ては外れる。木島くんによる折檻は、狐憑きよりも前から、おそらく日常的に行われていたと見ていい」

「見立ては外れても、それはもっと悪い結論です」

珍しく旺盛に反論するアキヲ。紳堂は木島邸の屋根に視線を向けながら、お気に入りの中折れ帽に手をやった。その顔が少し複雑な笑みを浮かべている。

（……彼女に刺激されているな）

一方のアキヲも、こんなにも紳堂の意見に同調できない自分に戸惑っていた。紳堂に匹敵する聖乃から意見を吹き込まれたという要因が大きいのかもしれないが。

（いつもなら、すぐに納得できるのに……）

その感情が活発に運動している。どこか気持ちが急いているのだ。

だから紳堂を見上げる。彼が間違っているとは思いたくない。その気持ちは自立的でないのかもしれないが、アキヲの瑞々《みずみず》しい感性はその拠り所を目の前の青年に求めていた。

（お願いです、先生……）

この不安を振り払って欲しかった。

篠崎アキヲはまだ、紳堂麗児から離れて立てるほど強くない。

それをきっと紳堂もわかっている。彼はその才能や素養のみでなく、篠崎秋緒という少女そのものを見ているのだから。

「……木島くんが日常的に折檻を行っていたとすると、やはり矛盾を感じざるをえないんだ」

不安を取り除く方法はひとつだけ。紳堂が堂々と聖乃の見解を打ち破り、真相を示せばいい。上向きに傾く少し大きめのキャスケット帽。助手の視線を自分に向けて紳堂は続ける。

「憂さ晴らしや欲望の捌《は》け口《ぐち》にしているような女中を、どうして同じ車に乗せてまで連れ歩くんだろう。そして、人前に出す必要があるかい？」

「それは……その、悪い趣味ということでは？」

それを表すのにアキヲは言葉を選んだ。屈折した支配欲を満たすために、わざわざ連れ歩いていたのだと考えられるからだ。

「でも、彼は美冬さんの前に現れた時にも彼女を連れていた。懸想している相手の前で、自分の愚劣な趣味を知られるような危険を冒すかな？　現に僕やアキヲくんはそれに気づいていたし、おそらく美冬さんも本調子であれば勘付いただろう」

そして……と紳堂は庭を見渡しながら。

「この屋敷、木島家に買い取られるまで結構な年季の入りようでね。壁も瓦も庭も、買い取った後にかなり手間をかけて直したらしい」

紳堂につられてアキヲも庭を見渡す。彼の言う「この屋敷」とは、庭のことだけではない。

「僕はもう少し軽薄な成金趣味を想像していたんだが、いや、なかなかどうして金の使いどころというものがわかっている。

庭の造りは上品だし、室内にも無駄な調度品は無い。応接間に高梨陽吉《たかなしようきち》の油絵というのも……まあ悪い趣味とまでは言えないか」

その気鋭芸術家に対する紳堂の評価は大体辛口なので、これは比較的高評価であると言うべきだろう。

「よく考えれば、木島家は昨今流行りの成金とは違うんだった。

祖父の代で興されたというから新興の富豪ではあるけれど、特需に乗ってしゃしゃり出てきた連中と比べれば上品な方だろう。

そして木島くんは三代目として既にいくつかの事業を父親から引き継いでいる。

こうして自分の屋敷も持っているんだから、年上の僕はむしろ感心するべきかな」

「つまり、木島さんは……僕が考えているほど悪い人ではない、ということでしょうか？」

「ついでに言えば、一昨日まで僕が思っていたよりも……かな」

反省するように苦笑する紳堂。

「少なくとも、ただの戯れに女中を折檻して悦ぶような男には思えないということさ。

その観点に立てば、彼の態度に新たな解釈が生まれる」

「……新たな、解釈」

アキヲはその小さな顎に手をやって考える。

紳堂の分析からすると、確かに木島友之助は淑城聖乃が見立てるほど悪い男には思えない。だが彼が女中を折檻しているのは紳堂も認めている。それも、彼女が狐憑きを発するよりも前からだ。

「……うーん」

それを新たに解釈せよと言われても、やはりアキヲには難しいものがあった。紳堂もそれは予想していたようで。

「僕も確信を得るにはもうひとつふたつの要素が欲しい。そしてこういう時は……。あー、きみ、ちょっといいかな」

と、紳堂は庭の隅を通りかかった使用人と思しき男を呼び止める。

「へ……あ、何か御用でございましょうか」

五十がらみの男は手にしていた桶《おけ》を置き、かぶっていた手ぬぐいを取って丁寧に頭を下げた。

紳堂とアキヲが訪ねてくるまで、木島はオサキ落としを紳堂に頼むつもりでいた。応接間で吹き付けられた淑城聖乃の毒気は強烈なものがあったが、一度冷静になればば紳堂を頼る方が正しいと思えたからだ。

しかし、それは他でもない紳堂自身によって揺るがされることとなる。

「引き受けていただけないとは、どういうことです」

私室を訪れた紳堂に詰め寄る木島。彼よりも少し背の高い帝大助教授は「いやいや」と手を振って。

「引き受けないとまでは言ってない。確かにあの女の目論見を阻止するという意味で言えば、このままオサキ狐を落としてしまうのも悪くないと思う。だが、僕としてはきみの本心……いや、覚悟というものを僅かでも見せてもらわないと、その気になれないのさ」

「……謝礼でしたら、ご用意しますが」

僅かに取り乱した自分を律して答える木島に、紳堂は頭を振る。

「そういう問題じゃない。

厄介事を起こしているのに追い出しもせず、わざわざ座敷牢まであつらえて面倒を見る、……たかが女中一人のために、ね」

「っ……」

その紳堂の物言いが気に障ったのか、あるいは何か嫌なことを思い出させられたのか、木島の眉が強く寄せられる。

「僕は、その真意を聞いておきたいのさ」

あくまで穏やかに問う紳堂。木島も寄せていた眉を咳払いで直す。

「何を仰りたいのか――」

「わからないことはないだろう」

紳堂はそれだけ言って、木島の目を見た。正面からジッと見つめられると紳堂麗児の切れ長の目は様々なものを語るのである。

今の木島には何が伝わっているのだろう。アキヲは無言のまま睨み合う二人を見つめていた。

「……っ」

やがて木島の方が目を逸らす。だが彼の反応は、紳堂の言わんとするところを察しながらそれに反発するものであった。

「とにかく、お引き受けいただけないというなら仕方ない。……淑城夫人にお願いするしかないということになる」

紳堂たちに背を向け、同時に何か別の物をも押し込めるように言い放つ木島。

その背中にアキヲは「待ってください」と前へ出た。

そうしなければならないと思ったのだ。今のアキヲは、知ってしまったから。

「木島さん。以前、あの人と結婚しようとしたそうですね」

「な……」

まさかその秘密が子供の口から出てくるとは思わなかったのだろう。木島は思わず振り向き、驚愕の表情でアキヲを見る。

「失礼かとは思いましたが……先ほど、お話を聞きました。木島さんの方からあの人に求婚して……秩父にある彼女の実家を訪ねたのも、結婚の挨拶をするためですよね。

でも、お父上から反対されて――」

「関係のないことだ！」

驚愕はすぐに怒りへと変わる。思わず怒鳴り、しかし次に続ける言葉が見当たらずに視線を泳がせると、木島は紳堂を睨みつけた。

先ほどまでとは別人のように強く鋭い視線。しかし紳堂は表情を変えることなく。

「不躾とは思ったが、必要なことだったんでね。……いじましいじゃないか」

「っ……こうなっては、とてもあなたに頼むことはできないな」

聖乃を頼りとするつもりなのだろう。木島は踵《きびす》を返して部屋を出ようとする。

だがその背中に、紳堂麗児は言葉の刃を投げた。

「お父上は怖いかい？」

足が止まった。形の無い刃の鋭さに、握られた拳が震えている。

しかし、木島友之助という青年は紳堂やアキヲが当初想像していた以上に気骨の人であったようだ。

「男に生まれて、父を恐れない者がいますか？」

顔だけ振り返り、どこか自嘲を含んだ視線で紳堂に問うた。

これは男の話。姿を真似ているだけのアキヲにはわからない話。

そして紛れもなく男である紳堂麗児は、口から小さく息を吐き出しながら言った。

「……尤もだ」

廊下を去っていく木島の背中を見送った後も、紳堂はしばらく誰もいなくなった廊下の先を見つめていた。

●

夜の帳《とばり》が下りる頃、紳堂とアキヲの姿は木島邸の門前にあった。

木島の不興を買ってそのまま屋敷に居座るわけにもいかず、木島邸を一度辞した後に食事をとりながら日没を待っていたのだ。

オサキ狐が、そして淑城聖乃が動き出す夜を。

「さっきの軍鶏鍋屋《しゃもなべや》、飛び込みで入ってみたがアタリだったな。今度また行こう」

「締めのうどんも美味しかったですしね。……ところで先生」

アキヲはしっかりと閉ざされた門を見上げる。さっきから何度か紳堂が訪《おとな》いを入れているが、返事は無い。それどころか屋敷の中は不自然なほど静まり返っていた。

「もしかして、既に……」

「始まっているようだね。さて、どこから入ったものか……」

門の周りを調べ始める紳堂。

やはり聖乃によって「仕掛け」が施されているようだ。今や木島邸全体、その空間自体が彼女によって掌握されていると思って間違いない。

「ひとつ、伺ってもいいでしょうか？」

アキヲがそう呟いたのは、片膝をついた紳堂が門柱を手で押してその頑丈さを確かめている時だ。

紳堂は調べる手を止めることなく「なにかな？」と聞き返す。

「もし、木島さんが先生の求めるような本心や覚悟を示さない場合、あの人を……、その、助けないんですか？」

そこで「見放す」とか「見捨てる」ではなく「助けない」という言葉を選んだアキヲの心情を紳堂はどのように察したか。

「アキヲくんは、木島くんが求婚した時の話を聞いてどう思った？」

「それは……」

紳堂の背中が、アキヲの質問を答えにくい質問で返した。

昼間、木島家の使用人から聞いた話。

美冬にオサキ狐をけしかけ、今その呪詛を返されて狐憑きを発しているあの女中に、かつて木島は結婚を申し込んだ。

元より二人は相思相愛であったのだが、それに木島の父・孝之助が反対した。そしてその猛烈な怒りを恐れてか、女の方が結婚の同意を取り下げたというのだ。

以降、二人の関係は変わった。木島は女に苛烈な折檻を加えるようになり、またその頃から良家の令嬢たちに対し懸想するようになった。

「よく、わかりません……」

ひとつひとつの情報に関連があるのはアキヲにも想像できる。だが、結果として導き出されているそれぞれの行動が解せないのだ。

木島も、そしてあの女中も。また紳堂が木島に迫る「本心」や「覚悟」という言葉の意味もアキヲにはよくわからない。

紳堂は「少し、難しいかな」と呟いて。

「少なくとも木島くんが腹を括らない限り、助けたとしても彼女……いや、彼ら二人にとっていいことにはならない。

同じこと……とまでは言わないけれど、きっと似たようなことを繰り返すだろうね」

それはつまり彼女が、木島が懸想する誰かに危害を加えようとするということか。

それ自体、アキヲが理解できないことのひとつだ。

彼女は言わば、木島を裏切った立場なのに。それではまるで、彼女は……。

――屈託のない妬みに魔道を添えるだけで――

聖乃の言葉が去来する。妬み。やはりそうなのだろうか。

「僕には、よくわかりません」

もう一度その言葉を繰り返したアキヲ。

「ああ、今はそれでいいよ。きっと、そのうちわかるからね」

立ち上がり、紳堂は手の埃を払う。質問ではなかったが、アキヲにはまだ他に思うところがあった。

「でも、少し意外です。木島さんの本心や覚悟については別としても、先生がここまで木島さんに肩入れしてるのは」

無言で続きを促す紳堂。アキヲは言葉を選びながら。

「それほどに、淑城夫人のことが嫌いなのかな……と、思いました。

誰かのことをこんなに敵視する先生を見るのは、初めてな気がします」

「なるほど……確かに、あの女への対抗というのはある。

ただ、それも含めて僕が介入しないと不公平だと思ってさ」

今度は門を構成する柱のつなぎ目を入念に調べながら、紳堂は続ける。

「あの女中が美冬さんにオサキをけしかけたのは……まあ、嫉妬というものだろう。

それは本来、もっと単純で無害にも等しいものであったはずだ。

……だが、あの女がそれを歪めた」

紳堂の言葉に静かな力が籠る。

「それらが全て偶然と不運の産物なら、僕は彼女も、木島くんのことも助けない。しかし、実際にはそうではない」

魔女こと淑城聖乃が絡んでいる。彼女の悪意ある助力のために女中が歪んでしまったのなら、それを救うための手が同じ魔道の徒から差し伸べられなければ不公平というものだ。

「尤も、僕個人の心情として木島くんには少し反省してもらいたいからね。本心を明らかにすることは、そのための代価さ」

代価。いかにも紳堂らしい言い方だとアキヲは思った。

紳堂麗児の、冷徹な善意である。

「まあ、僕が肩入れする理由の中で夫人に対する敵意が大部分を占めているのは認めるよ。僕は、あの女のことが嫌いなんだ」

いかにもムッとした表情。だがそれが「いかにも」であるのは、紳堂がわざとらしく顔を作っておどけているからである。

「夫人は、自分の悪たるを知っている。知っていながらそれを愉しみ、悦んでいる。

……度が過ぎているのさ。省みられることのない悪意は毒となって人を蝕んでいく。彼女の魔道はまさしく毒であり、燃え広がる火種なんだよ」

単なる邪心が結果として帝都に危機をもたらすのではない。彼女の悪意は、自分の蒔いた火種が帝都を焼き尽くすほどに燃え広がるなら喜んでその火を煽《あお》るだろう。

邪心と悪意とは、紳堂麗児にとって決定的に違うのである。

「これが大火事になるような火種ではなく、ちょっとした火遊びくらいなら全く構わないんだが。……ああ、艶事の意味ではないよ」

言いながら、紳堂は懐から何か四角いものを取り出した。淡い緑色をした板状のそれは手でちぎれる粘土のような物体だ。

「なんです？　それ」

見慣れないものを目にして思わず訊ねるアキヲ。そして。

「これかい？　……火遊びの道具さ」

笑ってみせる紳堂の顔は、悪戯を企む子供のようだった。

同じ頃、土蔵の座敷牢ではいよいよ聖乃によるオサキ落としが始まろうとしていた。

「うう、うううう……っ」

座敷牢に横たわる娘。その目は妖しい赤色に輝いていたが、もがく彼女が狐憑きの妖力を発揮することはできない。

何故ならその全身を革製のベルトで縛られているからだ。それらは聖乃が持ち込んだ特別製の代物で、革や金具の表面には文字とも模様ともつかないものが刻まれている。それらが呪力を発し、オサキ狐を外側から押さえ込んでいた。

「うぐ、うう……ぐっ」

娘に施された拘束はそれだけではない。その口には同じく革製の猿轡《さるぐつわ》、やはり特別のものであったが、その「特別」は身体を縛るベルトと同じ意味ではない。

革製の猿轡に呪術的な効力はないのだ。それは単に娘の口から漏れる奇声を抑えこむために聖乃が噛ませたもの。

彼女が普段から愛用する特注品。嗜虐《しぎゃく》趣味の道具にすぎない。

「っ……だ、大丈夫なんですね？　夫人」

足下に転がされた女中を見て、木島はどこか心配そうに訊ねる。それはオサキ落としの有効性を問うだけのものではない。

白い襦袢に包まれた柔らかな肉体を革のベルトできつく縛り上げられた娘が醸し出す被虐的な雰囲気に、思わず息を呑んだからに他ならなかった。

「心配しなくていいわ。ちゃんと始末して差し上げるから」

黒い夜会服の伯爵夫人はそう言うと、娘を縛るベルトの金具にその指先を滑らせる。

すると金具に刻まれた模様がぼんやりとした白い光を灯し、やがてそれはベルトへも伝わっていく。

「ぐっ！　うううううっっ、うううぅぁあああああっっっっ！」

白い光が全体に行き渡ると、娘はさらに激しくもがき始めた。絞り出される声は拘束から逃れようとする今までの呻きとは意味合いが違う。何らかの力に苛まれ、苦しめられて発する苦悶の呻きだ。

「がぁううっっっ！　ぐぁ、あああああっっっ！」

髪を振り乱してのた打ち回る。手足の自由を奪われた彼女には、頭を畳に擦り、叩きつけることしかできない。

青い痣が刻まれたその額が擦り切れて、赤い血を滲《にじ》ませた。

「う……ふ、夫人……本当に大丈夫なのですか！」

狂乱の苦悶を前に木島の声が震える。そんな彼を見る聖乃の目は、畳で転げ回る女中を見るのと同じ目をしていた。

無知にして無力な人間を苦悶と絶望の縁へと追い込む、悪意の目。

「心配は要らないと言ったでしょう？　これはね、焼いているのよ」

「焼いて……？」

不穏な言葉に表情が強張る木島。その言葉を裏付けるように、女中に巻きついたベルトは熱を持ち、それが彼女の身体に伝播《でんぱ》して全身から熱病の如き高熱を発している。

聖乃はますます興が乗ってきた様子で。

「そうよ。野原に逃げ込んだ獣を追い出すには、そこへ火を放てばいいわ。堪えきれずに出てきたところを撃ち殺すの」

「……それは」

喩えとしては木島にも理解できる。それならば、目の前の娘に多少の苦痛を強いてでもオサキ狐を炙り出さねばならないのだろう。

しかし、聖乃の言葉は木島の想像を超える形で続く。

「……でも、それでは駄目。

オサキ狐はその本性が既に生き物ではないから、追い出して殺してもいずれ蘇る。

そうね……矢で射抜いても死なない獣なのよ」

「なんですって……では、どうやって」

「簡単なこと。矢で射抜いても死なないなら、野原ごとまとめて灰にしてやればいいの。人間に憑いたまま諸共に焼き殺されれば、いかにオサキ狐といえど蘇ることはできないわ」

「……ッ！」

それはつまり、この娘ごとオサキ狐を殺すということだ。さも当然とばかりに話す聖乃の姿がこの時、木島の目には人間でないものに見えた。

人間を殺すことになんの躊躇いも、迷いも、良心の呵責《かしゃく》すらない。その決定的な価値観の相違は、相手が自分と同じ生き物であることの疑いにまで達する。

「な、なにを言っているんです！　この女を殺すなんて、そんな……」

「始末してくれと仰ったのはあなただわ、木島さん。私、命を助けることが前提だなんて一言たりとも言った覚えはなくてよ？

まあ、勝手のいい女を失う残念さはわかるけれど、それなら私がもっと器量が良くて扱いやすい娘を都合してあげる。

……それに、木島さん」

「ッ！」

見開かれた木島の目が映す聖乃がその歯を見せて笑った。三日月のようにユラリと口を開き、心の底からの愉悦を浮かべる。

「あなただって、一度もこの娘のことを『助けてくれ』とは言わなかったじゃない」

膝から崩れ、愕然とする木島。

それを見下ろす聖乃はついに声を上げて笑った。

「ふふふ、あはははは。

心配は要らないわよ木島さん。これであなたは、自分のせいで死人を出す。悩むでしょう？　悔やむでしょう？　でも、いずれそれに慣れていくの。そしてある日気づくのだわ。空っぽの座敷牢が物足りなくなって、女を入れておきたくなるの。この娘と同じように折檻したくなるの。そして、今夜この時の光景を忘れられない自分に出会う、再び求めてしまう自分に目覚める！

……そうならなくても、私がそうして差し上げるわ」

「うう、うぐっ、うぁああっ、あああああああっっっ」

悶える娘、歌う魔女、その足下で震える男。

底知れぬ悪意は今、一人の男を新たな災禍の贄《にえ》へ変えようとしていた。

紳堂はその粘土のようなものを木島邸の門や柱の各所に埋め込んでいく。続けて取り出したのは彼のワイシャツの袖口についているものと同じ小さなボタン。それらをひとつずつ粘土の表面に押し込むと、アキヲを促して門から離れた。

「アキヲくん、軽く口を開けて」

「……？」

言われる通りに開かれる小さな口。紳堂はその中を覗き込んで。

「うん、アキヲくんの歯並びは健康的で美しいね」

「ん、なっ……っ」

普段は見えない場所だからだろうか、口の中を見られるのはなんだか服の下を覗かれるのと同じくらい恥ずかしい。

「ななな、なにを言ってるんですか！」

「いや、つい」

顔を真っ赤にするアキヲをからかいながら、紳堂は改めて「口を軽く開いて、耳を塞いでいるんだ」と指示する。そして。

「屋敷の外周に空間を歪曲《わいきょく》した結界。その要は門。それ以外からの出入りはまず不可能。そして門は頑丈に閉ざされている。ならば――」

紳堂の口元に不敵な笑みが浮かんだ。

「開かない門など、吹き飛ばしてしまえば済む」

自分の袖口についているボタンをピン、と指先で弾く。それに呼応するように、粘土に埋め込まれたボタンが小さな光を放ち……。

次の瞬間、大気を震わせる轟音《ごうおん》と共に木島邸の門が爆砕された。

「ぅあっ！　な、あ、えっ？」

ドゴン、という大きな爆音に塞いだ耳を叩かれ、思わずしゃがみこむアキヲ。顔を上げると、木島邸の門があった場所に濛々《もうもう》と立ち込める砂埃《すなぼこり》。

わずか一瞬にして、重厚な木島邸の門が瓦礫《がれき》の山と化していた。

「うむ、上出来だ」

爽やかに言い放ち、紳堂は門があった跡に立って周囲を見回す。あれだけの音がしたのに屋敷からは誰も出てこない。既に木島邸の内部が尋常ならざる状態に置かれている証拠だ。

「ただで入れるとは思ってませんでしたけど……」

この際、紳堂がどのようにして爆発を起こしたのかをアキヲは考えないことにした。それにもし説明を求めたとして、紳堂もここで「可塑性爆薬《プラスチック》」なるものの原理や構造を説明する手間は省きたかっただろうし。

ちなみに、この兵器が戦場で実用化されるのは二十年ほど先の戦争においてだが、その原型となるものは既にアルフレッド・ノーベルの手で生み出されている。

「門を丸ごと壊してしまうのは、さすがに強引だと思います」

いつも物事をスマートに捌いていく紳堂にしては力ずくの感がある。勿論、それほどの事態ということなのかもしれないが。

すると紳堂は「そうだね」とひとつ頷いて。

「あの魔女に教えておこうと思って。……事と次第によって、僕とてこういう力技を厭わないのだということを。

なに、木島くんにとっても安いものさ。毒婦の魔手から逃れる代償としてはね」

豪快に言い切って、かつて門だった場所を通り抜ける。アキヲも慌てて後を追った。

そのまま二人は静まり返った木島邸の庭を横切って土蔵へ向かう。

重々しい鉄扉には内側から門がかけられているようで、とても開きそうにない。

「いやあ、困った困った……これはまた、力技だな」

「先生……」

明らかに楽しんでいる紳堂に、さすがのアキヲも少し呆れてしまう。

だが同時に思うのだった。

(……夫人に、こんな真似はできないだろうな)

もしかすると、思いつくこともないのではなかろうか。

●

淑城聖乃も紳堂麗児に匹敵する魔道の徒である。少なくともその知識や技量において遅れをとるものではない。

自分が張り巡らせた強固な結界を破るために紳堂がどのくらい手間取るかはおおまかに予想できたし、最低限必要な時間はわかる。

だから彼女の計算では、紳堂麗児はどれだけ急いでも、またどれだけ幸運だったとしても聖乃の「オサキ落とし」が終わるより早くこの座敷牢へ辿り着くことはできないはずだった。

こと切れた女中と、結果としてそれを依頼してしまった木島の絶望を前に、紳堂は聖乃に怒り、そして憎む。

そう、憎むのだ。それは愛情と紙一重の深く激しい感情。倫理観や正義感から発する敵対心などではない、もっと生々しい情動。

紳堂麗児の憎悪を獲得することは、それ自体がこの上ない悦び。淑城聖乃にとっては絶頂を約束する快楽に等しい。

至上の愉悦はもはや目の前にあった……はずだった。

「なん、ですって……」

その音を聞いた瞬間、今日初めて聖乃の表情から笑みが消えた。

耳を貫く硬い爆発音。扉と壁を繋ぐ部品が破壊され、重い鉄扉はゆっくりと内側へ倒れた。

バタン。その音の向こうに立っていたのは、爆風で傾いたお気に入りの帽子を直しながら悠然と立つ、紳堂麗児その人だ。

「そんな、どうして……」

驚きに見開く魔女の目。紳堂はそれを見てニヤリと笑い、座敷牢で項垂れている木島の横へ立つ。

「っ……紳堂先生！」

鉄扉の爆発音も聞こえていなかったのだろう。靴が視界に入ってようやく紳堂に気づいた木島は、恥も外聞もなく縋《すが》りついた。

「お、お願いです、これを、やめさせてください！

このままでは……死んでしまう！」

拘束された女中から先ほどまでの唸り声はほとんど聞こえなくなっている。今や半開きの口から涎《よだれ》を垂らし、苦しげに呻きながら時折その身体を震わせるのみ。彼女自身か彼女の内で焼かれるオサキ狐かはわからないが、既に息も絶え絶えだ。

しかし紳堂は必死に懇願する木島に冷めた目を向けて。

「それは気の毒だ……だが、たとえ助かってもきみに折檻を受ける日々が続く。もしかしたら、ここで死ぬ方が彼女にとって幸せかもしれないな」

「そ、それは……っ」

今にも泣き出しそうな顔になる木島。アキヲは思わず口を挟みかけたが、それは紳堂によって禁じられている。

責任は自分が負う。我慢して見ているように、と。

「あら、よくわかっているじゃない、先生。

大丈夫よ、その男は初めて見る死の影に怯えているだけ。ここを乗り切れば、後は転がるように堕ちていく。いえ、私が堕として差し上げるわ。

そうなったら紳堂先生は更生させたがるでしょうけど、少なくとも今ここで木島さんの肩を持つことはないわよね」

想定とは違うが、それで自分の蒔く種は新たな災禍を呼ぶ。再び笑みを浮かべた聖乃。だが紳堂は彼女を一瞥して。

「本当に人間が見えていないね、夫人」

「な……っ」

聖乃が言葉を失うほど、乾ききった声音で答えた。

そして紳堂は再び木島を見る。今度は強く、鋭く、叱るように、諭すように。

「向き合いたまえ、木島友之助！

己の心に、本心に、男ならば決して目を背けることができないものがあるはずだ！」

「う、ぐっ……うう」

握った拳を畳の上で震わせる木島の胸で何が起きているのかアキヲには推し量ることができない。紳堂の言う通り、それは男の心なのだ。きっとアキヲには、そして聖乃にも完全に理解することはできまい。

「うう、うううううう……っっ」

苦しげに呻く木島。その時、歯を食いしばった木島の日にぐったりと横たわった女中の姿が映る。

彼女の目、乱れた髪の狭間《はざま》からほんの僅かに覗いた瞳が、木島を見た。少なくとも彼には、そのように思えた。

「ッ……」

それで、おそらくは十分だったのだろう。

本当に二人の目が合ったのかどうかは定かでないし、そもそもこの時の彼女に本人の自我が働いていたのかどうかも怪しいものだ。

そんなことは、どうでもいいのである。木島友之助という男が、男たる覚悟を決めるには。

「お願いします……」

顔を上げた木島は、目に涙を浮かべていた。だがそれは決して惰弱の表情ではない。真っ直ぐに紳堂を見つめる目に一分の揺らぎもない。ここが自分の分岐点だと、覚悟を決める時だとわかった男の顔だ。

「お願いします……花枝《はなえ》を、助けてください！」

「……結構だ」

ここでようやく彼女の名を口にした木島の覚悟を、紳堂は買った。

不敵にしてどこか優しげに笑い、懐へ手を入れる。

「……させないわ、そんなこと」

それを見逃す聖乃ではない。が、彼女が女中の……花枝の身体に手を翳《かざ》すより早く、紳堂の左手は聖乃に向けて動いていた。

「っ！」

紳堂が花枝の拘束を解くものとばかり思っていた聖乃の隙。彼の手から走るように飛んだ光がそれを突く。

「うっ……これ、は……っ」

聖乃の動きが、まるで縫いとめられたかのように固まる。

実際、縫いとめられたのである。紳堂麗児が投擲《とうてき》した万年筆によって彼女の影は縫われた。そう、美作邸で紳堂がそうされたように。

あの日、まだ災禍の種としての価値を残すオサキを逃がすため、暗闇から紳堂麗児の影を縫った、聖乃がやったことをそのまま返したのだ。

「意趣返しというわけ……」

苦々しげな聖乃の言葉など聞いていない。紳堂は右手で素早く愛用の拳銃を抜く。

「……っ」

短い呼吸と共に鮮やかな射撃。タン、という乾いた銃声で放たれた弾丸は真っ直ぐ花枝に命中した。その身体を縛るベルトの金具へ。

「う、あああああっ！」

耳障りな音を立てて金具が弾け飛び、浮かび上がっていた白い文字も消える。すると花枝は渾身の力で革のベルトを振りほどき、ゴム鞠《まり》のようにその身体を弾ませた。

「花枝っ！」

「ふぅう、ぁああああっっっっ！」

木島の呼ぶ声も、オサキ狐を怯《ひる》ませるには至らない。

それまで死に体であったのが嘘のような躍動。厳しく拘束されていたことに対する反抗だろうか、オサキ狐に衝き動かされる花枝はけたたましい声を上げながら猛然と座敷牢の出口へ向かう。

今までそこで事の成り行きを見守っていたアキヲへ向かって。

「わ……うわっ」

思わず身構えたアキヲだったが、妖力を得た娘の怪力で突き飛ばされることはなかった。僅かに早く、紳堂が放った次の手が花枝を捕えたのだ。

それは強く編まれた縄。真っ白な紙垂《かみしで》をつけた注連縄《しめなわ》だ。

聖乃のベルトのように花枝の身体を締め付けているわけではない。紳堂の投げた縄の中に入った途端、花枝の身体は動きを止めた。その内側を神域とする注連縄の効力によって、彼女に憑いたオサキ狐だけを縛ったのである。

「前回とは違う。……今度は逃がさない」

言い放ち、紳堂は三つ目の手に移る。懐から取り出した真っ白い札は美冬の時にも用いた王子稲荷の神札。だが今回は表に記された王子稲荷の印とは別に、裏側に墨で名と印が記されている。

それは関東稲荷総司の名と印。まさしく「お墨付き」たる神札を紳堂ほどの魔道の徒が手にした時、それは奇跡に等しき霊験を可能とする。

「邪道狐、関東稲荷総司の御膝元にて二度にも渡り跋扈せしは性懲りもなし！

この上は神罰を以て懲らし、滅する他に人界の安寧は守れじ！」

強く唱えるは妖狐の罪と、それに相応の罰。

「妖しき者に罰を下すは人の役目にあらず。

此度御役目願いしは王子稲荷御神の名代。かしこみ、かしこみ」

請願の声も高らかに、紳堂は神札を掲げて叫んだ。

「紳堂麗児が希《こいねが》う！　王子狐棟梁御若君、出《い》でませい！」

――参ろうぞ――

紳堂の請願に、虚空からの声が答える。

次の瞬間、土蔵に吹き込む清浄な風。淡い光を纏った狩衣姿の若き大狐が、紳堂の傍らに立っていた。

怪猫の事件の折に出張って来た父に比べると、発する威厳も些か若い。だが若殿狐はその凜とした眼差しで花枝を、彼女の中に憑いたオサキ狐を睨みつける。

「邪道狐、娘の内より出でよ。我ら王道の狐は汝《なんじ》らの蔓延《はびこ》るを許さじ。速やかに出でて平伏すべし。

元より汝は大邪の尾先《おさき》に過ぎぬ。人界に仇為《あだな》すは過ぎたる業なり、出でよ！」

若殿狐の一喝でビクリと体を震わせた花枝。その肌が粟立ったかと思うと、遂にオサキ狐が襦袢の襟元から這い出した。

「待っていたよ」

紳堂は手元で注連縄を絞り、這い出たオサキをその神域へと閉じ込める。空中に縛りつけられてジタバタともがく灰色の妖狐を、若殿狐は甲高い鳴き声で大喝した。

「コォ――――――――ンッ！」

稲荷神の御遣いが発したその声は高く響き渡る。影を縫われたまま悔しげに見つめる聖乃や、あまりのことにただ呆然としている木島らの耳にも駆け巡った。

そして、それは妖狐に覿面《てきめん》の効果を発するのである。

「キ、キキ、キィ……」

絞り出すようなか細い鳴き声と共に、オサキ狐が動きを止めた。その全身があっという間に石と化したのだ。形は奇怪な狐のまま、二つに分かれた尾の先から平たい頭の先までが毒々しい色を持った火山岩に変じている。

若殿狐が両手で上下から挟むと、火山岩でできた妖狐の彫像はいとも簡単に砕かれ、さらに固められて丸い石ころとなった。

それは、かつてこの国のみならず東洋諸国で猛威を振るった大妖狐の残滓《ざんし》。殺生石《せっしょうせき》と呼ばれる毒石。オサキ狐の正体だ。

「これでよろしい。毒気が抜けてただの石くれとなるまで、我らが神域にて封じましょう」

「お願いします。……棟梁殿にも、よろしく」

最後は互いに知己の言葉と視線を交わして。

穏やかに頷いた若殿狐は淡い光と共に姿を消した。

「っ……花枝、花枝っ！」

蔵の中を照らすものがランプの明かりだけになったことで我に返り、木島は倒れたままの女中を抱き起こす。

グッタリとした彼女の様子にアキヲは思わず息を呑む。しかし木島が懸命に呼びかける内、気を失っていた花枝はゆっくりと目を開いた。

「……旦那様……？」

「花枝！　ああ、よかった……よかった……っ」

木島の声が潤む。咽《むせ》び泣《な》きながら花枝の身体を強く抱き締め、何度も何度もその名を呼ぶ。花枝の方もそれで何かを察したのだろう。黙って木島を抱き返し、穏やかに目を閉じていた。

「よかった……」

アキヲも自然と安堵の言葉を漏らす。

まだ、この二人について理解できないものはあった。だがそんなものは横に置いて、再び結ばれた絆《きずな》の温かさを感じている。よかった、本当によかった、と。

一方で、アキヲと真逆の思いを抱いた者もいる。

「そういうこと。……つまらない男」

底冷えするような冷たさを湛えた声音。それが土蔵全体を包むようにして響いてきて、紳堂とアキヲはハッと視線を走らせる。

伯爵夫人が影を縫いとめられていた場所にその姿は無い。あるのは畳の上へ脱ぎ捨てられて影のように広がった真っ黒な夜会服だけ。

紳堂が縫いとめた聖乃の影は夜会服の部分であった。若殿狐が去り際に放った淡い光でその影が揺らいだ瞬間、魔女は黒衣を脱ぎ捨てることで術から逃れたのだ。

「とんだ茶番だったわ。まあ、楽しくないこともなかったけれど」

声が背後……土蔵の入口からだと二人が気付いた瞬間、土蔵の中に灯されていたランプが一斉に消えた。

真っ暗な土蔵で、扉を破壊された入口から差し込む真っ白な月明かり。振り返った二人の視線の先、その光を背にして彼女は立っていた。

「淑城夫じ……わ、わっ、わっ」

思わずアキヲは自分の目を覆った。夜会服を脱ぎ捨てた聖乃が一糸纏わぬ姿であったからだ。

月明かりの逆光で聖乃はほとんど影に包まれているとはいえ、大体それとわかる程度には見えてしまう。隠すこともなく堂々と曝け出されては、たとえ同性であっても慌てようというもの。

「嫌がらせのつもりかい？　夫人」

目を逸らしもせず平然と問う紳堂。聖乃は「ふう」と面白くなさそうに息を吐くと、月明かりの中へ躍り込むように姿を消した。

「本当に嫌がらせのつもりだったのか……やれやれ」

子供の悪戯に呆れる父親のような顔で言って、紳堂はまだ目を覆ったままのアキヲの両手をヒョイと持ち上げる。

「あ……先生」

「アキヲくん、すまないがなんとか明かりを探してくれ。その後は僕が戻るまで二人のことを頼むよ。少し、用事を済ませてくる」

言って、紳堂は座敷牢に脱ぎ捨てられた聖乃のドレスを手に土蔵を飛び出して行く。残されたアキヲは「確かランプは……」と消えてしまった明かりの位置を思い出しつつ、チラリと視線を彼らに向ける。

（……明かりがなくても大丈夫そうだけど）

ランプが消えたことにも気づかず、なお強く抱き合う木島と花枝であった。

頭上から舞い落ちてきたのが自分の夜会服だと淑城聖乃はすぐにわかった。独特に調合した香りをつけてあるし、……おそらく、彼ならそれを手に追ってくるだろうと思っていたからだ。

「お優しいこと。お礼に、今度はこれをあなたの手で脱がせてもよろしくてよ？」

月明かりだけが照らす夜の暗闇の中、聖乃は黒衣を身体に巻きつける。闇の中で影を纏うがごときその姿は、まさしく魔女の風格だ。

彼女の艶っぽい軽口を紳堂麗児は「結構だ」と一蹴。

「自分から触れるのは御免被る。貴女が自らそれを脱ぎ、地に這いつくばって乞い願うなら……まあ、考えなくもないが」

「あら、それも悪くないお話だわ」

悪趣味を自覚する冗談を交わし、聖乃はそこを見る。

瓦礫の山と化した木島邸の門を。

「確かに要を破壊してしまえば結界など無いも同じだけれど……こんな方法を使うな

んて」

　憎々しげな言葉と裏腹に、聖乃の顔は笑っている。あまりに馬鹿馬鹿しくて怒る気にもならないのだ。

「……あなたらしくないんじゃないかしら？　紳堂先生」

「貴女に推し量れるほど『僕らしさ』は浅くないよ、淑城夫人」

にべもなく言い切り、紳堂は懐から小さな石を取り出す。軽く放り投げられたそれは聖乃の足下へ転がった。

　磨き上げられた黒曜石。表面に、聖乃が花枝を縛ったベルトに施されていたものとよく似た文字とも模様ともつかないものが刻まれている。

　結論から述べると、それは文字である。

　古代北欧で生まれたルーン文字。文献や石碑に遺された、れっきとした筆記文字であると同時に、数多くの儀式・術式に用いられる呪術文字でもある。

　文字そのものが魔力を持ち、術者の手を離れてもその効力を発揮し続けるという特色を持つルーンは、魔女・淑城聖乃が最も得意とする魔道の業だ。

「そこに何と刻まれているか、貴女は知っているな？」

「……『災いあれ』だったかしら」

足下の小さな石を拾い上げることもなく聖乃は答えた。元より知っていたからだ。

「では、それがどんな事態を引き起こしたかも知っているな？」

紳堂の口はあくまで淡々と問いを紡ぐ。感情を交えず、ただ問いのみ。

「化けるだろうと思っていたけれど、まさか妖魔の王《キャス・パリーグ》を招き寄せるなんて。あのままいけば、本当に帝都が滅んでいたかもしれないわね」

微笑みは黒い。彼女にしてみれば、帝都全てを怯えさせたあの事件はさぞかし気分のいいものだっただろう。

「そう、最初はもっと簡単なことだったのよ。飼い主があまりに惚気るものだから、もっと戯れさせてあげようと思ったの。前足で転がされて、すり身になるくらいにね。ふふ、ふふふふふ」

それを、紳堂は無言で見つめている。

無駄な言葉は必要なかった。自分が聖乃を追って来た理由は彼女を糾弾するためではない。そもそも聖乃は自分の罪を認めている。認めた上で笑っているのだ。

これで糾弾などすれば、魔女は一層の愉悦に浸ることだろう。

やがて、ひとしきり笑った聖乃は紳堂に向き直る。

からかってみても、挑発してみても無反応。つまらないことこの上ない。

その物足りなさを示すように、ルーンの刻まれた石を爪先で踏みつける。小さな黒曜石は脚力だけではない魔女の力により粉々になった。

「……それで、私をどうするおつもり？

四本足の流儀に従って、八つ裂きにでも？」

「自分から貴女に触れるのは御免被ると、言ったはずだよ」

紳堂はその帽子を軽く押さえる。その下から、真っ直ぐな眼光が魔女を射抜いた。

「王より、貴女をどう裁くかは任されている。僕なりに考えてみたんだが……」

「紳堂麗児の裁きなんて、そそられざるをえないわね。

まさか簡単に殺したりはしないでしょう？　そう、気が狂うほどの辱めを与えるに違いないわ。

屈辱、恥辱、汚辱、凌辱……一体私をどうなさるおつもり？」

自分で口にしながら興奮を抑えきれない聖乃。その瞳は恍惚で輝いている。

まさしく背徳にして淫乱たる真性の魔女。しかし紳堂麗児は至って簡潔に、そしてやはり何の感情も示すことなく。

「なにもしないことにしたよ」

そう、告げた。

「……なんですって？」

「なにもしないと言った。直接手を下すことは勿論、何かを命じることも、強制することもしない。他の誰かにさせるつもりもない。罰など、ひとつも与えない」

興味なしと言わんがばかりの紳堂に、一瞬前まで熱狂の内にあった聖乃の表情が強張る。目を見開き、唇を震わせて、彼の言葉の意味を悟る。

「あの事件を引き起こしたのが貴女であるということも、誰にも言わないし、わかるようにもしない。……全て無きものとして扱う。以上だ」

自分の「裁き」を聖乃に告げた紳堂。それはまさしく、目の前の魔女にとって最低にして最悪の判決であった。

存在の黙殺、事実の無視。災禍を蒔く魔女にとってこれ以上の失望はない。

なによりそれが紳堂麗児によって決定され実行されるということ。淑城聖乃にとって、それは――。

「嗚呼《ああ》……屈辱だわ」

喉が震える。笑みは消え、胸元を掻き毟りながら魔女は紳堂を睨みつけた。睨まれてなお、表情を変えることのない美貌の青年を。

「たった今、確かに私は穢された。ふふ、ふ……今までの人生で、これほどの辱めは初めてよ。紳堂先生は、本当によくわかっていらっしゃるのね」

強がりであった。負け惜しみであった。

屈辱などと、辱めなどと、本当はそんな言葉に収まらない。目の前の男を地面に引き倒し、あらん限りの罵声を浴びせながら犯してもまだ足りないほどの激情を、快楽の偽装を施してなんとか堪《こら》えている。

ここで逆上すれば、それこそ淑城聖乃という女の敗北だ。

しかし、このまま引き下がることもその誇りが許さなかった。聖乃は紳堂から目を離さないまま、ゆっくりと後ずさる。

「覚えておきなさい……。いつかあなたに、同じ悦びを味わわせてあげる。

……そう、あの可愛い坊やにあなたがどれほど穢れた男か教えてあげるわ」

楽しみにしていて。そう言い残して魔女は闇の中へと消える。

紳堂は聖乃が去った闇の向こうをしばらく見つめていたが、やがて「ふう」と息を吐いて空を見上げる。彼のような男でも、魔女の相手は疲れるのだ。

……だが、今は。

「ふふ、ふふふ……ふはははははっ」

自然と笑い声が漏れた。一度笑い出すと止まらなくなって、声を上げて笑う。

「はははっ、はははははっ……」

夫人、貴女は本当に人間が見えていない。最後の最後まで、僕の可愛い助手を男の子だと思ったままでいたね。それでは、せっかくの負け惜しみもただ滑稽なだけじゃないか。

貴女のことだ。きっと、あの子の目の前で僕に痴態を晒させる方法を考えているだろう。あるいは、僕を出し抜いてあの子の童貞でも奪う策を考えているだろうか。

好きにすればいい。確かに貴女は僕に比肩する魔道の徒だ。それは認める。しかし人間の本質を見ることができない貴女に、僕は負けるつもりなどさらさらない。

そして、なにより……。

「僕がどれほど穢らわしい男か……。

それを一番よく知っているのは他でもない、篠崎秋緒《あのこ》だよ」

月が見下ろす瓦礫の山の上。美しく穢れた男の哄笑《こうしょう》は、しばらく続いた。

●

それからひと月ほどした、麗らかな春の日のこと。

神堂麗児の事務所に男女一組の来客があった。

「神堂先生には何とお礼を申し上げたらいいか……。私たち二人の恩人です」

男の方は、木島友之助だ。

神堂に向かって深々と頭を下げるその姿は以前の彼と全く違って見えた。兀々礼を失する男ではなかったが、どこか不安定で気の短さを感じる雰囲気だったのだ。

それが今は意気と覇気に溢れた男の顔になっている。なにかこう、芯が通った印象をアキヲは受けた。

ただ、それ以上に目を引くのが彼の隣にいる女性である。

結い上げた艶やかな黒髪。明るい色だが決して派手にならない丁寧な化粧。白地に梅の模様をあしらった着物がよく似合う美人。

（まさか、この人が……）

木島家の女中・花枝。今は姓を木島に改めた、友之助の妻である。

こちらは木島と違って外見から大きく様変わりしている。以前アキヲが見たのは女中姿だったり座敷牢に閉じ込められていたりした彼女だから、こんなに綺麗な若妻になるとは思いもしなかったのだ。

もう、彼女の頬に痣はない。

「本当はもっと早く伺いたかったのですが、花枝の体調が戻って元気な姿をお見せする方が良いだろうと思いまして」

事件の後、木島は父の反対を押し切って花枝を妻に迎えた。

言葉だけなら簡単なことのようだが、実際にはただ事ではない。木島家の何割かは既に跡取りである彼のもの。しかし家中での力はまだ父の方が圧倒的なのである。

その父に逆らっての結婚となれば前途多難であるはずだが……。

「これからは、僕が妻を……花枝を守っていきます」

そう言って、隣に座る妻の手に自分の手を重ねる。花枝は少し驚き、やがて恥ずかしそうに頷いた。その頬が可憐《かれん》な桃色に染まっている。

（これはまた……御馳走様です）

なんとも惚気た光景である。

「結構だ。まあ、世の中には悪い人間が多いからね、気をつけたまえ」

自分のことは棚に上げた紳堂の忠告に、木島は「はい！」と力強く頷くのだった。

見ている方が恥ずかしくなりそうな夫婦が事務所を後にしてから、アキヲは紳堂に訊ねた。

「驚きました……木島さん、変わりましたよね？」

表面上は雰囲気程度の変化だが、内面的には人が変わったと言ってもいいぐらいだろう。あれなら確かに、良家の立派な跡取りに見える。

木島たちに出した湯呑みを片付け、改めて紳堂と自分のお茶を淹れるアキヲ。応接用のソファーからデスクに移った紳堂は、マホガニーの椅子を後ろへ軋ませながら苦笑した。

「憑きものが落ちた……というのは、彼の方も同じだったようだね」

差し出された湯呑みを手にしてひと口。甘い空気で痺れていた舌が適度な渋みで引き締まる。

「憑きもの……？」

「愛情というものは、時として人間を屈折させるのさ」

それが、花枝に折檻を加えていた木島のことだとアキヲにもわかる。だがそれ以上には理解できていないと紳堂は見てとり、説明を続けることにした。他人の恋路の解説など、彼にとっては鳥肌ものだが。

「最初に父親から結婚を反対された時、それでも木島くんは食い下がっただろう。跡取り息子が女中との結婚を決意したんだから、それなりの覚悟はあったはずだ。

ところが、相思相愛であったはずの花枝さんは引き下がってしまった。木島くんにしてみれば、裏切られた気持ちだったんじゃないかな」

「だから、折檻するようになったということですか……？」

「それだけじゃない。花枝さんを連れ歩きながら、令嬢たちに懸想しているところを見せつける。何とも幼いやり方だが……妬かせたかったんだろうな」

「それは……なんと言うか……」

アキヲは言葉を選んだが、どうやっても「情けない」という一言しか出てこなかった。大人の男がやることではない。

「そして、花枝さんの方も屈折しているのは同じだった。

おそらく、彼女が最初に結婚を諦めたのは家中で木島くんの立場が悪くなるのを案じたからだ。だから身を引いた。

あくまでそれは木島くんを守るためであって、彼女の愛情が揺らいだものではなかった。……だが」

「それを表に出せなくなった……？

自分から身を引いて木島さんを裏切る形になってしまったから」

「その通り」

紳堂は頷く。花枝は愛情と配慮との板挟みになったのだ。そして木島もまた、捨てきれない花枝への愛情と父に逆らえない自分の不甲斐《ふがい》なさの間で板挟み。

「木島くんは振り向いて欲しい気持ちの裏返しで花枝さんを苛む。そして花枝さんは黙ってそれに耐え続けた。お互いを想っているのは変わらないはずなのに、不思議だね。

……ただ、花枝さんが耐えられたのは木島くんから向けられる激情のみだ」

「自分の中の妬みには、耐えられなかったということですか」

冴えているねえ、と紳堂はアキヲを褒めた。

「溜め込むだけでは心も壊れてしまう。木島くんが理不尽な折檻でそれを発散していたように、花枝さんの場合は令嬢たちへの嫉妬が必要だったのさ。

結果、あの魔女につけ込まれることになった」

黙り込み、妬んでいるだけで済んだ花枝に淑城聖乃が目をつけた。それが昨秋から続いた狐憑き騒動という災禍へと発展したのだ。

「でも、今はお幸せそうでなによりです。お二人とも別人みたいで驚きましたけど」

「善いも悪いも裏表。人も魔道も、ふとした拍子に変わるものさ。あるいは、見方次第ということかな」

紳堂のその言葉の意味をアキヲはしばらく解釈していた。木島や花枝という「人」

が裏表で変わるのはわかるが、この場合に裏表の意味合いを持つ「魔道」とはなんだろう。

数秒考えてから思い当たったその答え。ただ、その人物の名前を自分の口から出すのはなんだか躊躇われたので、少し角度を変えて訊ねてみることにした。

「裏表……先生も、ですか？」

「アキヲくんも、だよ」

まるでアキヲの問いを待ち構えていたかのように意地悪く笑う紳堂に、小さな助手は目を瞬かせるのだった。

●

篠崎アキヲの手記。

僕は淑城聖乃という人が嫌いだ。

今まで「馴染めない」とか「理解できない」という人は何人かいたけれど、こうしてはっきり「嫌い」だと言える人は初めてだと思う。

自分の悪意と享楽を全ての行動基準にする姿勢を、許すことはできないと思う。でも彼女の在り方そのものを否定しようとは思わない。許せないけれど、それは賛同や協調ができないというだけで、改めさせようとか、まして消え去ることを望むのとは違う。

何故なら、僕のすぐ傍には伯爵夫人と同じくらい極端な人がいるからだ。彼女が悪意を全ての基準にするように、紳堂先生は自分の興味と好奇心を全ての基準にする。二人が似ているということを否定はしない。だからこそ、はっきりと居直ることができる。

僕が紳堂先生を支持し、淑城夫人を否定するのは、ただひとつ僕の気持ちでしかないということ。僕は僕の我儘で彼を認めて、彼女を認めない。

夫人のことを嫌いなくらい、あるいはそれ以上に僕は先生のことが好きを尊敬している。……そう、尊敬だ。

だから僕も紳堂先生に倣ってこの事件における彼女を評しておきたいと思う。

裏表。見方を変えればいい。

淑城聖乃により木島さんや花枝さん、そしてそれ以前には美冬さんたちも酷い目に遭った。だけどそれによって木島さんたちが関係を修復するきっかけになったのは事実だし、美冬さんが美作中尉により近づいたのも確かだ。

なので、こう考えることにする。

彼女の悪意を、災禍の火種を、僕たちはまんまと利用してやったのだ。

……ああ、これは実に紳堂麗児的だな。気に入った。

にゃーにゃにゃ

にゃ、にゃにゃーにゃー。にゃう、なー、うー、にゃーお。んなぁーぉう、にゃうにゃー、にゃっ。

……失礼。すっかり猫づいてしまって。はい、ここはあとがきのページ。

エドワード・スミスです。とんだ醜態をお見せしてお恥ずかしいかぎりにゃ。

さて、いつも本の内容に触れないあとがきを書いているのですが、今回は少しばかり関係のあるお話など。

この『狐猫篇』を書くにあたり、実在の神社である王子稲荷神社へお参りに行ってきました。なにしろ高名なお稲荷様ですので、一言くらいご挨拶しておかないと罰が当たるというもの。

二〇一三年の春先。折悪く降った雨が桜を散らした、とても寒い日だったのを覚えています。境内の一番奥、「狐の穴跡」と呼ばれる小さなお社に参ってお名前を使わせていただく旨を伝えた時、お社の裏手に咲いていた椿の花がポトリと目の前に落ちてきたのです。

雨のせいだとは思いつつも、「よきにはからえ」というお許しをいただいたつもりで精一杯書かせていただきました。作中において本来季節ではない椿が神域に咲いていたのはこれに対する返礼。お稲荷様のお気に召せばよいのですけど。

その後、紳堂先生とアキヲくんが食べていた茶屋のモデルとなったお店でくず餅を堪能。老舗の看板に違わぬ美味しさで、読者諸氏にもぜひ味わっていただきたいのですが、口の端のきな粉には要注意です。黒蜜が罠。

……僕が一ページ以上も作品の内容に関するあとがきを書いているなんて、珍しいこともあるものです。そろそろ無関係のことを書いてバランスをとらないと。

ツイッターなどでは時々言っているのですが、僕は自他共に認める子供舌でありますます。子供が好きそうな食べ物は大体好きですし、逆に子供が苦手そうなものは大体苦手です。ファストフードやファミレスが好きで、格式張ったお高い料理の味はよくわかりません。二十代半ばになって、ようやく山葵の味が理解できるようになりました。

でもね、僕は思うんです。どれだけ世の中が健康志向になろうと、人間の本能における熱く激しい部分を滾《たぎ》らせる原動力は動物性蛋白質《たんぱくしつ》なのだと。早い話が、肉ですよ。

そういう意味では、子供舌も悪くありません。ハンバーグとか唐揚げとか焼肉とか、戦うためのエネルギーをシンプルに摂取できますものね。

というわけでみなさん、僕を食事に誘う時にはファミレスにでも連れていけば喜びますよ。ホントです。

さて、あとがきのバランスがとれたところで謝辞を。

メディアワークス文庫が盛り上がりをみせるにつれてどんどん多忙になる中、的確な助言をくださる担当様。イラストレーションによって『紳堂』の世界観に多大な助けをくださる碧風羽さん。この本が世に出るために力を貸してくださった全ての皆様と、この本を手に取ってくださった全ての皆様に感謝を。

いずれまた、お目にかかれることを祈りますにゃ。

〝からっぽの星、時代をゼロから始めよう〟エドワード・スミス

エドワード・スミス

著作リスト

侵略教師星人ユーマ（メディアワークス文庫）
侵略教師星人ユーマⅡ（同）
紳堂助教授の帝都怪異考（同）
紳堂助教授の帝都怪異考二　才媛篇（同）
紳堂助教授の帝都怪異考三　狐猫篇（同）

本書は書き下ろしです。

メディアワークス文庫

紳《しん》堂《どう》助《じょ》教《きょう》授《じゅ》の帝《てい》都《と》怪《かい》異《い》考《こう》三《さん》

狐猫篇《こびょうへん》

エドワード・スミス

発行　2014年2月25日　初版発行

発行者　塚田正晃
発行所　株式会社KADOKAWA
〒102-8177　東京都千代田区富士見2-13-3
電話03-3238-8521（営業）
プロデュース　アスキー・メディアワークス
〒102-8584　東京都千代田区富士見1-8-19
電話03-5216-8399（編集）
装丁者　渡辺宏一（有限会社ニイナナニイゴオ）
印刷・製本　加藤製版印刷株式会社

ISBN978-4-04-866225-3 C0193

メディアワークス文庫　http://mwbunko.com/
株式会社KADOKAWA　http://www.kadokawa.co.jp/

本書に対するご意見、ご感想をお寄せください。

あて先
〒102-8584　東京都千代田区富士見1-8-19　アスキー・メディアワークス
メディアワークス文庫編集部
「エドワード・スミス先生」係

メディアワークス文庫

発行●株式会社KADOKAWA　アスキー・メディアワークス

メディアワークス文庫

0能者《れいのうしゃ》ミナト

葉山 透

この現代において、人の世の理から外れたものを相手にする生業がある。修験者、法力僧——彼らの中でひと際変わった青年がいた。何の能力も持たないという異端者。だが、その手腕は驚くべきもので!?

は-2-1　074

0能者《れいのうしゃ》ミナト〈2〉

葉山 透

退魔業界の異端者、九条湊。皮肉屋で毒舌。それでいて霊力などの特殊な能力は何もない。だが軽薄な言動の裏には、常人にない思考が秘められている。詐欺師か、はたまた天才か？0能者《れいのうしゃ》ミナトの驚くべき手段とは？

は-2-2　090

0能者《れいのうしゃ》ミナト〈3〉

葉山 透

異能力とは無縁、どんな怪異ですら科学的に解体してしまう九条湊。彼の知性が挑むのは稀代の殺人鬼にして〝不死者〟。不死者と湊の息詰まる攻防の行方、そして不死の真実とは？　コミックも連載中の人気作、第3弾。

は-2-3　117

0能者《れいのうしゃ》ミナト〈4〉

葉山 透

豪華客船クルーズ——もっとも縁がなさそうな場に湊達はいた。船幽霊を退治するという至極簡単な依頼に、湊は放蕩しまくり、依頼人にひんしゅくをかう始末。ところが、想像もしない事態が発生する。

は-2-4　145

0能者《れいのうしゃ》ミナト〈5〉

葉山 透

霊を降ろしている様子はないのに、その霊と完璧に対話してみせる。湊達はいぶかるが、主催者は総本山から野に下った切れ者でしっぽをつかませない。0能者対詐欺師？　トリックスター達の勝負の行方は？

は-2-5　172